Sonya
ソーニャ文庫

愛に狂う王子は妖精姫に跪く

宇奈月香

JN132330

イースト・プレス

contents

序章　壊れゆく音

その瞬間、地鳴りがして大地が揺れた。

「な、なんだっ!?」

あと一歩のところまで標的を追い詰めた矢先のことだ。兵士たちは揺れる大地によよめき、次々にへたり込んでいく。

それは、まるで彼らの屈服を示しているかのように。

(あぁ——……)

ただ一人、立ちすくむ男がいた。

植物が目の前で巨大化していく。大人の背丈ほどの幹を持ち、空を覆うほど高く伸びていく。枝が地に着くほどしなだれ、無数の葉を茂らせた。

数千、数万の大木が巨大な壁のような森を造っていくのを、男はただ呆然と見つめることしかできなかった。

こんな結末を望んでいたのではない。

彼女に語った人間と妖精の和平は、夢物語などで終わらせるつもりはなかった。必ず叶えられると信じていた。

『私もあなたの夢が叶うと信じています』

鈴を転がすような声でそう告げ、花が咲くように可憐《かれん》に笑った愛しい人。

美しい虹色の羽根を持つ妖精国の王女。

「ヴァリダ様！　そこにいては危険ですっ！」

兵の一人が、男を呼んだ。

しかし、男の耳にそれは届かない。

しかし、男の視覚、聴覚、五感のすべてはただ一点に注がれていた。

片羽根となった虹色の羽根姿が痛々しい。

森が閉ざされる間際、女の瞳から一粒だけ涙が落ちた。

「……――」

男は咄嗟《とっさ》に手を伸ばした。

剣を捨て、女のもとへ駆け出す。

だが、その手が届く前に、森は女を飲み込み閉ざされた。

するとゝ地響きも地割れもぴたりと止《や》んだ。

まるで最初からそこにあったかのように、突如として広大な森の壁が出現した。

妖精の持つ力の強大さを目の当たりにした人間たちは、ただ茫然と立ち尽くす。

「あ、あぁあ、あぁぁぁ——ッ!!」

その刹那、魂《たましい》を絞り出すような男の慟哭《どうこく》が響き渡った。

第一章　羽根の結界

マダナリスティア王国の東に魔獣《まじゅう》の群れが出現し、村人を襲ったとの報告があったのは、昨夜のことだった。

今年に入って、魔獣出現の報告は七件に上る。どれも群れからはぐれたのだろう。魔獣が単独だったこと、出現した周辺には村もなく人的被害がなかったことから、王国の上層部は問題視していたが民たちに知られることはなかった。

しかし、今回結界に近い村に現れた魔獣たちは六頭の群れを成《な》し、村人を襲撃した。全滅には至らなかったものの、村人の三分の一が死傷する被害が出た。

これで、魔獣の出現はマダナリスティア王国中に知れ渡ることになるだろう。

王都ケイズに佇む王宮の一角、会議室の円卓には国王を筆頭に、第二王子リミトス、宰相、将軍と三人の大臣が座し、緊迫した雰囲気に包まれていた。

「羽根はどの程度崩れている」

国王の覇気《はき》ある声に、宰相がじっとりと汗を滲《にじ》ませながら答えた。

「三割ほどです」

四百年で三割——この数値にどの程度の危機感を抱《いだ》けるかによって、国の明暗は変わってくる。幸い円卓を囲む面々は、このことを重要課題だと捉えることのできる者ばかりだ。

「この先、羽根の喪失が大きくなるにつれて、結界の綻《ほころ》びが増えるのは必至。魔獣も今より凶悪で巨大なものが入り込んでくるだろう」

国王が語る言葉を、全員が重く受け止めた。

現在、確認されている魔獣は最大で犬ほどの大きさだ。

しかし、過去人間たちを襲っていた魔獣は、ゆうに人の倍はあるものもいたという。

そんなものが群れを成してくれば、人間は到底太刀打ちできない。

王家は、いずれ来るだろう結界の消滅を危惧し、そのときのために備えてきた。

結界の側には監視所を置き、常備兵を配意した。魔獣の侵入をこれまで民たちが知らなかったのも、彼らの活躍が大きい。

だが、結界は人間が住まう土地すべてに張り巡らされている。それは地平線よりも広大で、結界と同じ範囲を人の手で守り切るにも限界があった。

そして、人間たちには魔獣の他にも警戒しなければならない存在がいる。魔女だ。

結界の内側を沿うように生息している森は、魔女の森と呼ばれている。

かつて、片羽根を奪われた妖精が作ったと謂《い》われている森だ。この森に身を潜《ひそ》めた妖精は、人間を恨んで魔女となった。

森は何人《なんぴと》の侵入を許さず、人間はもちろん魔獣をも拒むと謂われているが、伝承が事実なら結界の外側にしかいない魔獣がなぜマダナリスティア王国に現れるのか。

魔女が結界の外から魔獣を引き入れ、人間を襲わせているからではないか。

しかし、誰も魔女の姿を見た者はおらず、実在しているかもわからない。なにせ四百年も前の人物だ。

まことしやかに囁《ささや》かれる噂《うわさ》の真相を知る術《すべ》はない。

だが魔獣が入り込んできている事実と、結界の源となる羽根が崩れてきていることは、眼前の事実として彼らの前に立ちはだかっていた。

今は目視で確認できないが、結界に綻びが生じている可能性を円卓に座する者たちは気づいていた。

承知しながらも、民の不安をいたずらに煽らないため、黙認し続けているのだ。

「今度こそ魔女を討伐し、片羽根を奪わねばならないだろう」

国王の出した結論に、漂う緊迫感がさらに増した。

過去にも幾度となく、討伐隊は結成された。結界を完成させることは人間の悲願だからだ。今の国王が王座についてからも三度、魔女討伐隊を出したが、一度も任務を完遂したことはない。魔女の森に入れば、剣豪と呼ばれる兵《つわもの》たちといえども、たちどころに錯乱し、森を出る頃には全員正気を失っていた。

そのせいか、今や志願者はほぼ皆無だ。

重たい沈黙が会議室を包む。

口火を切ったのは、宰相だった。

「これほど探してもいないのです。もはや、魔女などすでにいないのでは？　正気を失ったのは、結界の綻びから漏れ出た瘴気《しょうき》に当てられたせい、もしくは――」

宰相の言葉に、国王が一瞥《いちべつ》を向ける。

「どうした。続けろ」

国王から発せられる威圧感に、宰相がみるみる青ざめ、閉口した。

「魔女が存在しないとするなら、我ら人間は結界が解ける恐怖と、魔獣に怯《おび》えながら暮らすことになるだろう。お前は、民の前で、共に滅びゆく苦しみを味わおうと言えるか」

「……出過ぎたことを申しました」

再び、沈黙が落ちたときだ。回廊から近づく足音があった。

「お待ちくださいっ。ただいま国王陛下は会議に入っておりますゆえ」

「だから、今なのだ」

「ヘルマン殿下！」

制止する声と同時に、「失礼する」と両開きの扉が開いた。

現れたのは、背中まである金白色の髪をした長軀《ちょうく》な男。肩と手足に鈍色《にびいろ》の甲冑を装着し、幅広のベルトには小型装備が入ったポシェットを幾つも下げ、右腕にはフルアームアーマーを装着している。冒険者らしいレザー製の防具に身を包みながらも、冒険者にはそぐわない王族を示す竜の鱗《うろこ》を模した銀色の耳飾り、そして、凜々《りり》しく端整な顔立ちは気品があった。

「お前か、ヘルマン」

「兄上！」

「ご無沙汰しております、父上。リミトス、元気そうだな。みなも久しぶりだ」

マダナリスティア王国第一王子ヘルマン・ラーシュレイフ・オーベリンの登場に、宰相以下大臣たちは起立した。

「お帰りなさいませ、ヘルマン殿下」

「私にはもう王位継承権はないんだ。ラーシュレイフでかまわない」

事実、ラーシュレイフは現在ヘルマンの名を使わず、セカンドネームであるラーシュレイフで冒険者が集《つど》うギルドに登録している。

敬礼する彼らに苦笑いしながら、国王に向き直った。

「父上。魔女討伐の任、どうか私をご指名ください」

「な――――ッ!?」

ラーシュレイフの申し出に、一同は瞠目《どうもく》した。

「なりませんっ。あの森に入った者は正気を失うのですぞ!? 王位継承権を放棄したとはいえ、あなたはこの国の第一王子であることには変わりありません」

まず声を荒げたのは、宰相だ。彼は、ラーシュレイフが王位継承権を放棄したとき、最後まで反対していた男である。十二年経《た》ってもまだ、ラーシュレイフの頭に王冠が輝くことを諦められずにいるのは、その口ぶりからも明らかだった。

「まだ、そんなことを言っているのか。私に何かあっても、この国はリミトスが導くことが決まっている。世継ぎもすでにアレクシスがいるだろう。何も案ずることはない」

「しかしですぞ、ヘルマン殿下！　何事にも万が一ということがございます！」

つばを飛ばし、宰相がここぞとばかりに食ってかかる。

「私の決意はあの日と何も変わっていないし、変わることもない。それに、私には冒険者として培った知識と経験がある。魔女の森に入っても正気を保っていられる術も会得しているんだ」

「ならば、そちらを我らに伝授ください」

将軍が立ち上がり、熱望した。

「駄目だ。魔女の森に住む魔女は用心深いと聞く。討伐隊は最小限で編成すべきだ」

「最小限と申されますと具体的な人数はいかほどをお考えでしょう」

「私一人だ」

　頑として提案を譲らないラーシュレイフは、騒がしくなる一方の外野を無視して、国王をまっすぐ見据えた。

「父上、なにとぞご決断ください」

「だが、魔女の森は広い。いくら正気を保つ術があるとはいえ、魔女がどこにいるかわからない中を闇雲に進むのは無謀というものだ」

「王家と因縁がある魔女なら、私が森に入ることにより姿を現す可能性も高いと考えます。そこに、正気を失い出す者が続出すれば、足手まといとなるのは必死。羽根を奪う千載一遇の機会すら逃してしまうでしょう」

　ラーシュレイフの言い分に、国王が押し黙った。

　この世界には、人間、魔獣、妖精が存在しており、まだこの土地がマダナリスティア王国と呼ばれる前、人間たちは魔獣に脅かされ生きてきた。

　人間の存在を快く思わない妖精が魔獣を唆《そそのか》し、人間たちを襲わせたことにより、人間たちは土地を追われ、命を脅かされていた。魔獣に搾取されるしかない負の連鎖を止めたのが、現在王家と呼ばれるオーベリン一族だ。その後、豪族たちが個々に治めていた土地を統一し、マダナリスティア王国が誕生した。

妖精の羽根には巨大な魔力が備わっていることを知り、人間は妖精の片羽根を手に入れた。それを使い、人々が安心して暮らせるよう広大な土地に結界を張ったのだ。のちに王都ケイズとなる土地を中心に東西南北にある石碑を支柱として作られた結界は、以来四百年人々の暮らしに平穏をもたらし続けてくれている。

だが、片羽根をもがれ魔女となった妖精は、逃げ込んだ魔女の森で今も報復の機会を窺っていると伝えられている。ならば、魔女の宿敵ともいえる王家の血を引くラーシュレイフが単独で乗り込むほうが、魔女と遭遇する確率が上がるというもの。

伝承が事実なら、魔女はラーシュレイフを亡き者にしようとするはずだからだ。

この計画に多勢は無勢だ。

「父上、どうか魔女討伐のご命令を」

胸に手を当て、懇願する。

国王は固い表情のまま沈黙していたが、ややして「止めても聞かぬだろう」と告げた。

事実上の討伐命令が下った瞬間だった。

ラーシュレイフは膝《ひざ》をつき、最敬礼の礼をとる。

「この命にかけて、魔女の片羽根を持ち帰ってご覧に入れます」

王宮の敷地内にある蒼《あお》の大聖堂には、人間たちを守る要が納められている。

荘厳《そうごん》な雰囲気漂う礼拝堂の最奥《さいおう》、翼を持つ女神像が胸に抱くのは、中央がくびれた横長の硝子《がらす》でできた入れ物だ。片方には虹色をした妖精の羽根が納められていた。

本来なら両方の羽根が納められるはずだったが、現在は片方のみ存在している。

そして今、羽根は先端が綻び、煌《きら》めく砂となってゆっくりと崩れ落ちていた。

四百年前に建立されてから、変わらぬそれをラーシュレイフは数年ぶりに見上げる。

ラーシュレイフは昔から、この場所が好きだった。一日中だって羽根を眺めていられる。

物心ついたときから、ずっとこの羽根を特別だと感じていた。

なぜなら、心にある喪失感が羽根を見ているときだけ、不思議と薄れるからだ。

この世のものとは思えない美しさと清廉さをした存在が、ラーシュレイフの心にある空虚さを埋めてくれた。

だが、年を重ねるごとにそれだけではない感情が芽生えてきた。

切なさだ。

何かを摑むように、気がつけば腕を伸ばしている。

しかし、一度もその手が何かを摑んだことはない。

空を掻くばかりの手に、ラーシュレイフはいつも落胆した。

(——俺はこの羽根の感触を知っている)

羽根は入れ物に入っているため、王族といえど触れることはできないが、ラーシュレイフはなぜか羽根の感触を知っていた。触れれば壊れそうな見た目に反して、驚くほど柔軟で、鳥の羽のように柔らかい。

五感が記憶している感覚はラーシュレイフのものではなく、別の誰かのものだということは長い時間の中で確信していた。

でも、誰の記憶なのか。

マダナリスティア王国の長い歴史を紐解《ひもと》いても、羽根に触れることができた人物はただ一人しかいない。

「兄上」

戻した手を見つめていると、後ろから声がかかった。

「リミトスか。どうした?」

ラーシュレイフは傷心を隠し、口はしに微笑を浮かべた。

リミトスは七年前に同盟国から姫を娶《めと》り、世継ぎであるアレクシスをもうけた。数年見ないうちに、すっかり父親の顔になったリミトスは年々国王と雰囲気が似てくる。

しかし、堅実さが滲み出る彼の表情は曇っていた。

「どうしたでありません。先ほどの言葉、本気なのですか?」

ラーシュレイフと同じ青色の双眸《そうぼう》をつり上げ、リミトスは口調を強めた。

「もちろんだ。俺ほど討伐に最適な者はいない。お前はそう思わないのか？」

「まったく思いません！　存在すら確認されていない魔女を討伐し、羽根を持って帰るなど大見得を切るにもほどがあります！　兄上はどうしてこうも面倒事を持ち込むのです」

「俺は何かお前を困らせているだろうか？」

首を傾げると、「本気で言っていますか？」とリミトスが片眉を上げた。

「此度のことで、兄上が王位継承権の復活を目論んでいるのではないかという憶測が生まれました」

「それは、また……。お前ほど国王にふさわしい男はいないことがわからぬ愚か者がまだいるのか」

やれやれと首を振れば、リミトスが大仰にため息をつきながら、腰に手を当てた。

「当然ですよ。兄上は母上の立場こそ低いですが、王の資質は私以上です。父上も内心では兄上に王位を継いで欲しいと思っておいでのはず」

「それは、お前の憶測だろう。父上は、リミトスが次期国王であると宣言している。何も案ずることはない。お前ならこの国をよりよい未来へ導けると確信している」

「兄上」

語気を強める声音に押され、ラーシュレイフは口を噤《つぐ》んだ。

弱り顔を作ってリミトスを見やれば、「まったく……」と額に手を当て、天を仰いでいる。

「仕方ないだろう。俺は王位に興味がない。というより、国そのものを愛せないんだ」

胸にある喪失感のせいなのか、ラーシュレイフは幼い頃から国を飛び出し、胸の空洞を埋める存在を探したいと願っていた。

マダナリスティア王国では十五歳で成人と見なされる。それは王族も等しく、ラーシュレイフは成人の儀の場で、王位継承権を放棄することを宣言した。

誰に相談することのない独断での行動に、当然王宮からは猛反対にあった。すぐに発言を撤回するよう求められたが、ラーシュレイフは彼らの願いを聞き入れるつもりはなかった。

国の未来より、己の願望を選んだ時点で、王位を継ぐ資格はないと考えたからだ。

その点、リミトスは正妃の子である。身分低い側妃から生まれた自分より、血筋からして彼が王位に就《っ》くのが妥当だ。

父である国王とリミトスとの話し合いの際、ラーシュレイフは胸の内のほとんどを明かした。国を愛せないことや、抱える喪失感。国を出ていきたい願望だ。その後、ラーシュレイフの宣言は正式なものとされ、次期国王にリミトスが指名された。

「……まだ、喪失感を埋めるものは見つからないのですか？」

「そうだな。どこにもない」

　離れたいと思って出て行った場所なのに、羽根が納められている大聖堂に来ると、心が安らぐ。最愛の人に再会したような喜びすらあった。

「リミトスにはすまないことをしたと思っている。すべてをお前に押しつけたんだ。俺ができる限りのことをするのは当然だろう」

「私は王位を継ぐことに不満はありません。むしろ、僥倖《ぎょうこう》だと思っています。だからこそ、兄上が危険を冒《おか》すのが耐えられないのです。冒険者になったのも、私には命を縮めたがっているように見えてなりません。なぜ、生き急ぐのですか？」

　核心をついた言葉を向けるのも、血を分けた兄弟だからか。

（生き急ぐか）

　当たらずとも遠からずの指摘に、ラーシュレイフは失笑した。

　確かに、昔からラーシュレイフは危険に身を置くことを好んだ。この身に残る傷痕《きずあと》も冒険者になる以前のものが多い。

　少年時代は骨折をしては、世話役や母を卒倒させていた。ラーシュレイフ自身、よくこの歳まで五体満足でいるなと己の強運に感心するほどだ。

「そうしなければいけない気がするからだ。……リミトス、俺は生きることを許されていると思うか？」

「何をおっしゃるのです。当たり前じゃないですか！」

「だが、俺さえいなければ王位継承争いは起こらなかった。お前にも義母上にも苦しい思いをさせることもなかったのだ」

ラーシュレイフが存在することで、心を痛め続ける人がいると思うと苦しいのだ。

「私は兄上がいてくださって幸せです！　あなたが手本となり私を導いてくれたからこそ、今の姿があるのです。兄上はどんなときでも私を立ててくださった。それは母上の機嫌を取るためではなく、私に王位を譲るための布石だったと知っていても、私は嬉しかった！」

力強い反論がラーシュレイフの胸を打った。

口先だけのものでないと感じるからこそ、心が温かくなる。

「そうか……」

自分を慕ってくれる者がいる。必要としてくれる者もいるのに、なぜ満足できないのだろう。どうして、ここにはラーシュレイフの求めるものはないのか。

命を削る場所にこそ、心の喪失感を埋めるものがあるように思えてならない。

本能が否と言う以上、ラーシュレイフは探し続けなければならない。それこそ、己に与えられし使命だと感じてさえいた。

「いつ出発されるのですか？」

別れを惜しむ眼差しに、ラーシュレイフは苦笑した。

「準備が整い次第すぐにでも」

「アレクシスも、あなたに会える日を心待ちにしているのですよ。会ってやってくれますよね」

本当はこの足で出立したかったのだが、甥《おい》の名を出されては断れない。

最後に見たときは、まだ歩き出した頃だった。

(ずいぶん大きくなったのだろうな)

一晩くらいなら、出発を遅らせてもかまわないだろう。

「あぁ、そうだな。土産を持って帰ってきているんだ」

頷くと、リミトスはほっと安堵の表情を浮かべた。

第二章　魔女の森に住む魔女

「レグナルド様、カップはいくつ用意してくれました？」

『七つだ。あと、死人が一人』

「はい。ありがとうございま――……、え？」

長毛の黒猫レグナルドの午後の天気を告げるような軽い口調に、かまどにかけた鍋を混ぜていたリアンヌは、あやうくしゃもじを落としかけた。

「――私の聞き間違いだと思うんですが、もう一度言ってもらえます？　どこに何があると？」

『だから、森で死人が出かかっていると言っているのだ。放っておけば死ぬ』

ふわぁと小さな口で大きな欠伸《あくび》をする様は、なんて暢気《のんき》なのだろう。

だが、聞かされたリアンヌはレグナルドほど悠長にしてはいられなかった。

血相を変えて火を消すと、テーブルに座っていたレグナルドを抱き上げた。

「レグナルド様。それはどこですっ!?」

あぁ、なんてことだろう。

ついこの間、結界の綻びを修繕したばかりだというのに、また犠牲者が出たのか。

魔獣が群れを成し、近隣の村を襲ったと知ったときは肝が冷えた。

いくらリアンヌが結界に目を光らせているとはいえ、人間が住む土地を守る広大な壁を一人で管理するには限界がある。

――いよいよ駄目なのかもしれない。

年を重ねるたびに大きくなる不安を宥《なだ》めるように、右肩を撫《な》でた。それは、リアンヌの癖でもある。

リアンヌには代々受け継いできたものがあった。

虹色をした妖精の羽根。その昔、妖精王女が人間との和平を祈って捧げた妖精の片羽根がリアンヌの背中にはある。けれど羽根があるのは左側だけ。右側に羽根はない。結界を形成するのに使われているからだ。

綻び始めた結界を完璧なものにできるのは、妖精王女の子孫であり、羽根を受け継いできたリアンヌだけだ。でもそれは、リアンヌ一人では成し得ることができない。

『行っても間に合いはせん』

レグナルドは身を捩《よじ》ってリアンヌの腕の中から逃げ出すと、テーブルの上に乗る。毛繕いしながら、ちらりとリアンヌを見やった。

『骸《むくろ》になってから埋めてやるがいい』

そのちっとも安心できない助言にリアンヌは眦《まなじり》をつり上げた。

「そんなの行ってみなければわかりませんっ。どこからその人の気配がしますか？」

手早くエプロンを外してから、外套をはおる。

『私のプリンを置いていくつもりか』

「人命救助が最優先です」

『なんと、小癪《こしゃく》な』

「レグナルド様」

口調を強めると、ぷいっとレグナルドがそっぽを向いた。彼にしてみれば、人間の命を助けるより大好物のプリンを蔑《ないがし》ろにされるほうが我慢ならないようだ。

「お願いします。どうか、居場所を教えてください」

重ねて頼んでも、リアンヌに背を向けて丸くなると、欠伸までしてみせた。

「都合の悪いときだけ猫のふりをするのはやめてください。教えてくださらないなら、プリンは二度と作りませんよ」

だが、返ってきた返答は「にゃあ」だけ。不機嫌そうな鳴き声での抗議は、あくまでもリアンヌに協力する気はないという意思表示だ。

（あぁ、もう！　この頑固者っ）

しかし、レグナルドが非協力的である理由を知っているだけに強くは言えない。

黒猫の姿をしているが、魂はかつて妖精たちの頂点に立っていた王のもの。

知性もあるし、強大な魔力もある。

遥か昔、マダナリスティア王国建国王に討たれ肉体は滅びたが、魂はこの世界に留まり続けている。四百年かけて、魔女の森の中で魔力を取り戻しているのだ。

その間、レグナルドはリアンヌたち一族と共にいた。

姿は猫だったり、フクロウだったり、蛇だったりとそのときの妖精の片羽根を受け継ぐ者の好みに合わせて変えているのだとか。今のレグナルドが子猫よりやや大きめの姿をしているのは、小柄なリアンヌの肩に乗りやすい大きさだかららしい。

怪我人探しにレグナルドが協力してくれないのなら、リアンヌが自力でどうにかするしかない。慌ただしく家を出ると、隣の納屋に向かった。オリーブ色をした三角屋根のこぢんまりとした平屋造りの家主は、リアンヌで三代目になる。ベッドルームが二部屋と、浴室。台所とリビングが一部屋に収まった家は広くはないが、ひとり暮らしならこれで十分だった。

リアンヌは納屋の扉を開けると、大声で叫んだ。

「グラテナ！　お願い、力を貸して」

するといると、薄闇からぬっと赤い目を持つエゾシカのような生き物が現れた。その全身は硬い鱗で覆われ、首は驚くほど長い。背中にはコウモリのような翼があり、四肢は鉤爪《かぎづめ》だ。本来なら、結界の外にいるはずの魔獣だが、結界の綻びからこちら側に迷い込み、怪我《けが》をした。見つけたリアンヌが介抱してやると、どういうわけか懐いてしまったのだ。以来、納屋に棲《す》みついている。

当初レグナルドは結界の外側へ戻せと口を酸《す》っぱくして言っていたが、グラテナにまったくその気がないのだから仕方がない。

一生面倒を見る覚悟を決めたとき、リアンヌは彼に「グラテナ」と名をつけた。大人しい性格だが、ひとたび怒りに駆られれば踏みならした足下から生きた炎を生む。

リアンヌは首を下げたグラテナの背に乗ると、妖精の姿になる。人のままでは感じ取れない人間の気配も、この姿でなら多少はわかるようになるからだ。後はグラテナの俊足があればいい。意識を身体の奥深いところに集中すると、ゆっくりと灰色の瞳が若草色へと染まっていく。外套《がいとう》を取れば、片羽根だけの羽根が開いた。

すると、世界が一瞬で鮮明になった。森の声が聞こえ出す。木の妖精、土の妖精、風の妖精たちがリアンヌに話しかけてきた。

【遊ぼう、リアンヌ】

【遊びましょう、悲しい王女様】

【遊ぼう、何して遊ぼう。沼に落ちてみる？　木に宙づりにしてあげましょうか？】

「後でね」

それらの声に返事をして目を閉じ、森全土に意識を広げて人間の気配を探った。

（――いた）

かすかだが、北の方角に人間の気配があった。

生命の脈動は小さい。レグナルドの言う通り、命の灯火が消えかけている証拠だ。

「グラテナ、急いで」

首を撫でると、巨大な翼が羽ばたいた。その直後、拗《す》ねていたレグナルドが肩に飛び乗ってきた。

（もうっ！）

あまのじゃくな妖精王を視線で叱《しか》るも、彼の存在が心強くもあった。

グラテナが翼を羽ばたかせ、飛び立つ。風を切って空を飛ぶ感覚は、何度経験しても気持ちよく、自由に空を滑空できるグラテナが羨《うらや》ましくもあった。

もし、自分に両羽根が揃っていたら、彼みたいに空を飛べるのに。

けれど、羽根が揃っていたら、リアンヌはこの世に存在していないかもしれない。

（これがジレンマというものなのね）

森の上に出ると、魔女の森が一望できた。結界の内側に沿って伸びる森は広大な樹海だ。グラテナが飛んだところで人間たちの住む場所から姿を見られることはまずないが、用心は必要だ。

「あまり高く飛びすぎないで。森すれすれを行ってちょうだい」

リアンヌの言葉がわかるだけの知性がある彼が、森のすぐ上を北へ飛んでいく。人間の気配が強くなりはじめたところで、グラテナは森の中へと降りていった。翼を閉じ、匂いをたどりながら行き倒れている人を捜す。リアンヌも背中の上から周囲を見渡していた。

『あそこだ』

最初に見つけたのは、レグナルドだった。

肩の上から鋭い目を人間のいる方向へ向けている。

人間が倒れていた場所は日の光が入ってこない薄暗いところだったが、発光する苔のおかげでぼんやりと地面が緑色に光っていた。

(女の人?)

まず視界に飛び込んできたのは、あまり見かけない白金色の長い髪だ。グラテナの背中から降りて、足早に近づく。

着ている服装から冒険者だということ、身体つきから男であることがわかる。

髪色もそうだが、男性が長髪であることもまた珍しかった。

(背中の傷が深いわ。致命傷ね)

右肩から左側に向かって大きく三本の線で切り裂かれている。獣の爪のような鋭いもので切られたのだ。

(なんてひどい)

これほどの傷だ。魔獣なら狼ほどの大きさだろうか。

前回村を襲った魔獣たちも、同じくらいの体高だったはず。リアンヌがもっと早く気づいていればと思えば、悔《く》やまれてならない出来事だ。

倒れている身体はぴくりとも動かない。

伝わってくる弱々しい生命力は、一刻も早く治療する必要があった。

(まずは、血を止めなくちゃ)

男の装備は彼が流した血で真っ赤に染まっている。これだけ血を流せば、意識も失うだろう。リアンヌは背中に手を翳《かざ》して、彼の身体に眠る治癒《ちゆ》の力に呼びかけた。

——お願い、起きて。

治癒の力は、肉体を形成する細胞を活性化させることで完治を促す。必要なのは患者自身の生命力だ。傷の具合によってその場で完全に治してしまうこともあるが、今回の場合、逆に男の命を縮めかねない。今は止血だけして、体力の回復を見ながら治癒をするしかなさそうだ。

ある程度、血が止まるのを待って、俯《うつぶ》せの身体を仰向けにする。が、気を失っているからか、リアンヌひとりでは重くてひっくり返せない。すると、グラテナが前脚でぽいっと男を転がした。

「ありがとう」

礼を言うと、グラテナが嬉しそうに鼻先をすり寄せてくる。その直後、『ふみゃっ！』と耳側で悲鳴が上がった。見れば、肩に乗っていたレグナルドが大きな顔に半分押し潰されかけていた。

『や、やめぬかっ！　えぇい、じゃれつくなっ』

非難する声に含み笑いをしながら、リアンヌは視線を男へ向け直す。

（――え……）

その直後、全身の細胞が一瞬震えた。皮膚に痛みを覚えるほどの苛烈《かれつ》な感覚に、リアンヌは目を見開く。

血の気がない青白い顔は土と血で汚れているものの、なんという美貌の持ち主だろう。精巧という言葉が似合う、左右対称の端正な顔立ちだった。

リアンヌが持つ長い記憶の中でも、これほど綺麗な人を見たのは、滅多にいない。

だが、リアンヌが衝撃を受けたのは、決して外見の美しさからではない。

食い入るように男を見つめる。

全身が心臓になったみたいに、鼓動がうるさい。なぜ、こんなにも指先が震えているのだろう。

おずおずと指で頬《ほお》に触れると、――心の奥底に一滴の何かが落ちた。水面に広がる波紋のように、切なさが胸いっぱいに広がり、やがてそれは涙となって頬を伝い流れていく。

(な……んで……？)

この気持ちはいったい、何。

胸を引き絞られるような痛みがあるのに、少しも苦しくない。むしろ、嬉しいとすら感じていた。こんなことは、はじめてだ。

茫然《ぼうぜん》となっていると、レグナルドの小さな舌が涙を拭った。

『泣くな』

「あ……」

彼に気遣われるまで、自分が泣いていたことすら気づけなかった。

(私、なんで泣いているの？)

自分の身体と心なのに、今は別の誰かのもののように感じてならない。

(この人を見てから？)

けれど、リアンヌとこの男は初対面だ。

そのとき、男が小さく呻いた。仰向けにしたせいで、傷が痛むのだろう。

（いけない）

リアンヌは涙を拭った手のひらを、急いで彼の心臓の上へと翳した。リアンヌの生命力を分け与えることで、止血に使った彼の体力を一時的に補う。徐々に男の顔色に血の気が差してきた。

（よかった）

呼吸も発見したときよりも、安定していた。これなら助かる。

「グラテナ、彼を背中に乗せてくれる？」

持っていた外套で男の身体を包み、グラテナに彼を運んでくれるよう頼んだ。

しかし、いつもならすんなりと怪我人を咥《くわ》えてくれるグラテナが、なぜか顔を背けてしまった。レグナルドといいグラテナといい、今日の彼らは少しおかしい。こんなにも明確な拒絶をされるのは、はじめてだった。

（この人だから？）

考えられることは、それしかない。リアンヌも彼に触れたとき、不思議な感覚に襲われた。レグナルドたちも男から何か感じているのだろうか。

見たところ、ただの人間だ。でも、何かが違うと五感がざわめいている。しかし、今は押し問答をしているだけの余裕はない。

「お願い、グラテナ。彼を死なせるわけにはいかないの。少しの間、辛抱して？」

顔に身体を寄せ、何度も頬を撫でてグラテナを宥めた。すると、ようやく男を咥えると、長い首を生かして自らの背中に乗せた。若干、乱暴な仕草だったのは見なかったことにする。リアンヌも背中に乗ると、グラテナが勢いよく飛翔した。

　家にたどり着くなりグラテナは身体を揺すって男を振り落とすと、また空へと飛び立った。方向からして滝がある方角だ。身体についた人間の匂いを落としにいったのだろう。

「レグナルド様、この人は何者なんですか？」

『知らぬ』

　レグナルドも男の匂いが移ったのが嫌なのだろう。さっきから何度も顔を洗っている。

「お忙しいところ申し訳ありませんが、いつものお願いします」

　しかし、どれだけ二匹が嫌がろうと、男をこの場所に放置するわけにはいかない。

　森で負傷し意識がない者は、療養部屋までレグナルドが魔力で運んでくれていた。今回は、土と血が滲んだ服をも着替えさせなければならない。肩に乗っている黒猫に懇願の眼差しを向けると、レグナルドは心底嫌そうにため息をついた。

『私のプリンは三個にしろ』

「――はいっ！」

　渋々ながらも願いを聞き入れてくれた慈悲深い黒猫の頬に、リアンヌは敬愛と感謝の口づけをした。

◇◆◇

――あたた……かい――。

感じたのは、温もりだった。身体の細胞のすみずみまで染み渡っていくような感覚に、ラーシュレイフは薄らと重たい瞼を持ち上げた。

視界に、虹色の輝きが見える。ゆらゆらと陽炎のように揺らめくそれを、ラーシュレイフは虚ろなまま眺めていた。

（なん……だ――、虹色の……は、ね……？）

どうして、それが羽根だと思ったのだろう。大聖堂で見続けてきたものと同じ色味をしていたから、反射的に羽根だと思ったのかもしれない。

薄透明で光の加減で虹色になっている。

それは、ラーシュレイフが焦がれてやまなかった存在によく似ていた。

「……ぁ」

手を伸ばせ。

今度こそ摑まえなければ――。

（愛……して……る……）

心が引き裂かれそうな恋情に声が漏れた刹那、突然目の前が真っ暗になり、意識が途切れた。

『人と妖精が手を繋げば、大地から争いは消え、和平が訪れる。私はそんな世の中を築きたいのだ』

自分ではない声が、希望に満ちた言葉を一人の女に向けて紡《つむ》いでいた。

虹色の羽根を持つ金色の長い髪が美しい女だ。下がり目の目元が優しさを滲ませ、赤い唇には微笑《ほほえ》みを浮かべている。

『私も……様と同じ夢を見たいです』

鈴の音としか思えないほど涼やかな声に胸が高鳴る。

女の仕草、声、すべてを愛していた。

大義名分を掲げながらも、ラーシュレイフの心は女との幸せな未来に満ち溢れていた。

妖精王の妹シャンテレーレが和平の証《あかし》にと、その片羽根を差し出すまでは。

土埃が舞う中、ラーシュレイフはシャンテレーレを結界の端まで追い詰めていた。

彼女の羽根で作られた結界は、人間たちの暮らしを守るために築かれたばかりだ。結界に触れた魔物がたちどころに消滅する様を見た人間たちは、その威力のすさまじさに目の色を変えた。魔獣となった妖精王の肉体すら消滅させるほどの威力はまさに最強。

両羽根が揃った結界なら、地上の魔獣すべてを一掃できる。二度と魔獣に怯えることはない。この力こそ人間が求めていたものだ。

本物の魔獣は結界の外で蠢《うごめ》くものではなく、人間の心に棲む欲望だと気づいたのは、シャンテレーレが片羽根を失ったあとだった。

『なぜ偽りを告げた』

羽根などなくても、シャンテレーレがいればいい。妖精でなくなっても、いや妖精でないほうが危険に晒《さら》されることもなくなるのだ。

ただの人間となり、幸せに暮らそう。

愚かな自分は、馬鹿みたいにシャンテレーレとの未来を夢見ていた。

ラーシュレイフの問いかけに、シャンテレーレは静かに首を横に振った。

白い肌は土で汚れている。彼女ために作った菫色のドレスも、惨澹《さんたん》たる有様だった。

『妖精は嘘《うそ》を申しません』

『羽根をすべて失えば消えてしまうことを黙っていただろう！』

その事実をラーシュレイフにもたらしたのは、奇《く》しくも宿敵レグナルドだ。

剣を振り上げるのと、シャンテレーレが片手を天へと掲げるのが同時だった。

突如、地鳴りがして、地面が揺れはじめた。

『な、なんだっ!?』

動揺する兵たちが次々に地に膝をつく。

地面が割れ、植物の芽が何千、何万と芽吹いた。それは、爆発的な速さで成長していく。太い木の根が地面を割りながらものすごい速度で伸びると地面が波打ち、人間たちを押し流す。割れた地面に落ちていく者、木の根の下敷きになる者の悲鳴が聞こえた。長く伸びた枝をしなだれさせ、無数の葉を茂らせた木が結界の縁《ふち》を緑色に染める。地面から生えてくる巨木が視界を狭めていく。

愛しい人の姿が見えなくなる。

これこそ、己が望んだ結末だった。

だが、次の瞬間にはラーシュレイフは持っていた剣を放り出し、懸命にシャンテレーレへ手を伸ばした。

『シャンテレーレ――ッ!!』

ラーシュレイフは自らの叫び声に目が覚めた。全身が鉛《なまり》と化したように重たく、息苦しい。自分の息遣いだけがやたら鮮明に聞こえていた。

（今の……はなん、だ……）

夢にしては生々しい感覚に、身体の芯が震えた。

どうして、剣を向けたりしたのだろう。なぜ一時でも手を離してしまったのか。

彼女を失ったあと、自分はどんなふうに生きていたのか思い出せない。

ぼんやりとした視界に、ひらひらと揺らめく虹色のものが見えた。それは、人の背中から生えていた。

(あ……れは――？)

身じろぐと、全身に激痛が走った。

「……ぅ」

口から零れた呻き声に、羽根の持ち主が振り返る。その姿を見た次の瞬間、ラーシュレイフはたった今夢で見た妖精の顔が蘇ってきた。

「……ぁ……あ、あぁ……っ」

己の魂が彼女だと訴えてくる。

溢れる涙にもかまわず、ラーシュレイフは必死に手を伸ばそうとあがいた。

「……シャンテ……レ」

お願いだ。どうかこの手を摑んでくれ。

二度と側を離れないと誓う。今度こそ、二人が夢見た楽園に行こう。

『貴様、その手で触れるな！』

だが、またしてもラーシュレイフの願望を拒む者の声がした。

見覚えのある黒く巨大な影に、忘れていた憤怒《ふんぬ》が膨れ上がった。

「ま、また貴様……か!!」

すべての元凶を許してなるものか。決死の思いで身体を起こそうとするも、次の瞬間には内臓が口から飛び出そうな圧を受け、目玉が裏返った。

「レグナルド様、やめてください！」

（……君と離れたくないんだ――）

ラーシュレイフの切なる願いも虚《むな》しく、意識はまた深い闇の中へと落ちていった。

◇◆◇

気絶したラーシュレイフに、リアンヌが血相を変えた。

慌てて呼吸を確かめ、治癒の力を送る。

「レグナルド様、なんてことを！　死んでしまうかもしれなかったんですよ！」

目を剝いて叱るも、レグナルドはふてぶてしいものだった。

つんと顔を横に向け、だんまりを決め込む。

（もうっ！）

青白い顔は触れると冷たく、冷や汗まで出ていた。ラーシュレイフの息の根が止まらなかったのが、不幸中の幸いだった。

『無駄なことを。それに助ける価値もないぞ』

「命は等しく尊いものだと、遥《はる》か昔教えてくださったではありませんか。でしたら、この方も同じです」

レグナルドの吐き捨てる声に、リアンヌは優しい口調で答えた。

まだリアンヌの魂がシャンテレーレの肉体にあった頃、兄であるレグナルドはさまざまなことを教えてくれた。

美しく頼もしい、尊敬と敬愛を向けるにふさわしい妖精王。

彼が人間に絶望し、その身を魔獣へと変えたのは、シャンテレーレを失ったためだ。

シャンテレーレは人間との和平を望み、レグナルドのもとから去った。

だから、レグナルドは最愛の妹を奪った人間が今も嫌いなのだ。

ラーシュレイフの顔色に血色が戻ってくる。

「よかった」

ラーシュレイフの息が整っていくのを確認して、リアンヌもまた額に浮かんだ冷や汗を拭った。が、優しげな表情は硬く強ばっていた。

――シャンテレーレ。

どうして、彼は妖精王女の名を呼べたのだろう。

偶然だとしても、彼女の名は人間たちの記憶にはないはず。シャンテレーレが魔女の森を築き、人を拒絶したときにその名を彼らの記憶から消し去ったからだ。

しかも、彼はレグナルドを見て「また貴様か」とも言った。

（いったい、何者なの）

妖精王女の名を今も呼ぶことができ、かつレグナルドを知る人間に、リアンヌは警戒心を抱かずにはいられなかった。彼に触れたときの不思議な感覚といい、ただの人間とは思えない。リアンヌは食い入るように寝入る男を見つめた。

この美貌の男は、どこかで妖精王女と繋がっているのだろうか。

だが、彼女は四百年前の人物であり、ラーシュレイフはせいぜい二十年ちょっとくらいしか生きていないだろう。二人の時間が重なるわけがない。

彼を見ていると、胸の奥がきゅっと締めつけられるような切なさがこみ上げてくる。痛いのに不快でもない感覚だからこそ、リアンヌを戸惑わせた。

（この気持ちは誰のもの？）

リアンヌが彼を知らない以上、受け継いだ誰かの記憶に刻まれているということだ。

すると、肩に乗っていたレグナルドがぴょんとラーシュレイフの枕元へ降りた。

『どれ、私も少し力を分けてやろう』

そう言うと、猫足をラーシュレイフの額に置いた。彼は森で負傷した人間を助けることに手を貸してはくれるが、力を分け与えることはまずしない。

珍しい光景に目を丸くして見守っていたが、次の瞬間、リアンヌは「ひぃっ！」と悲鳴を上げながらレグナルドを引き剝がした。

「今、彼の記憶を抜きましたね!?」

レグナルドが生み出した魔力の波動は、リアンヌが人間から記憶を抜く際に用いる魔力と同じものだ。男から抜き出された記憶の光はひょろりとした草の形になると、あっという間に霧散した。

『ばれたか』

目を剝くリアンヌに、レグナルドはしらっとした顔で鼻を鳴らした。

そのまったく悪びれていない態度に、目眩がしてくる。

「どうしてそんなことを？」

『どうせ消す記憶だ。ならば、いつ消そうと大差ない』

「人間にこの力は負担なのですっ。記憶を操りすぎれば、記憶そのものも壊れてしまうかもしれないのですよ」

だからこそ、リアンヌは森から帰す時にだけと決めていたのだ。

『リアンヌはこの男の記憶を消しては困るのか？　奴は今、我が妹の名を呼んだのだぞ』

「それは、そうですけど――」

一介の人間が持つには危険すぎる記憶だということは、リアンヌも感じた。

『生死を彷徨《さまよ》ったことで、何かしらの記憶が呼び覚まされたのかもしれぬ。ならば、正気になる前にすくい上げ消し去ってやるほうが、こやつのためでもある』

正論にリアンヌは口を噤む。

自分はなぜこんなにも動揺してしまったのだろう。

(消えてほしくない、と思った――？　まさか)

自分でも理解できない感情を抱えながら、ラーシュレイフを横目で見た。

『こやつのいでたちからして冒険者に相違ない。背中の傷は魔獣とは別のものに襲われた際に負ったものだ。この男、かなり面倒なものを抱えているとみた。深く関わるほど、記憶の根は深くなる。傷が癒《い》えたら早々に森の外に出すがいい』

それにはリアンヌも同意見だった。

記憶に根があるのは、妖精だけが知る事実だ。

リアンヌたちが記憶を取り去る術は、若芽を抜き取る作業とよく似ている。記憶は成長するほど抜きにくく、根の先端が途中で切れてしまう恐れがあるのだ。そこから新たな成長を見せるか、朽ち果てるかはその者次第。思い出したいという気持ちが、記憶の根を成長させる栄養分となるからだ。

もし森の外に帰した人間たちの記憶にリアンヌとのことが残っていたなら、森に棲んでいるのは魔女ではなく妖精であることが知られてしまう。かつて妖精を道具と見なし、無作為に乱獲した人間たちと、彼らへの恨みを忘れていない妖精たちが鉢合わせでもしたら、それこそ四百年前の再来となるきっかけになってしまうだろう。

妖精と人間の両方をシャンテレーレは守ろうとした。彼女の思いは、羽根と共に受け継がれている。

（私はそのために産まれたんだもの）

『いい加減放せ』

脇を抱き上げられ、でろんと伸びた状態のレグナルドがにゃあと抗議の声を上げた。恨めしそうな目つきで睨《にら》まれるも、今ひとつ迫力のない可愛さについ笑ってしまう。

『何を笑っている。王に向かって失礼だろうっ』

にゃんにゃん怒る姿が、また愛くるしい。抱き直して、「ごめんね」と猫の額《ひたい》に口づけた。

普段は尊大なくせに、レグナルドはリアンヌに抱かれている間だけ妙に大人しくなる。案の定、ぷりぷりと揺らしていた尻尾も静かになった。宥めるように小さな背中を撫でれば、気持ちよさそうに喉を鳴らす。

「そう……よね。関わらないほうがいいのよ」

気になるのは、少し普段と勝手が違うせいに決まっている。

そう思い直し、リアンヌはレグナルドを連れて部屋を出て行った。

ラーシュレイフが完全に目を覚ましたのは、翌日のことだった。

「気がついた？」

看病人を家に置いているときは、リアンヌは羽根を見られないよう外套をはおっている。

あとで記憶を消すとはいえ、念には念を入れるに越したことはない。

リアンヌは、ぼんやりとしているラーシュレイフの顔を覗き込んだ。焦点の定まらない様子だったが、徐々に宝石みたいな青い瞳に力が戻ってくる。

熱を計ろうと、額に手を伸ばした次の瞬間、腕を摑まれた。

「きゃ――ッ」

摑まれた腕をひねり上げられ、リアンヌはベッドに俯せで押し倒された。

「貴様が魔女か」

凄《すご》みのある剣呑な声は、リアンヌに対する警戒心で満ちている。

怪我人とは思えない俊敏さに驚くも、ひねった腕ごと背中を押さえ込まれれば、肺が圧迫されて息ができない。

「苦し……」

「答えろ。ここはどこだ。俺をどうするつもりだった」

威圧感すらある声音に、リアンヌは苦悶の表情を浮かべた。意識を取り戻した人間が、リアンヌに警戒するのはままあることだった。しかし、ここまで過剰なことはされたことがない。たいがいの人間は、はじめて見る森の魔女に怯えるからだ。

「話……す、から」

退いてほしい。そう乞いかけようとしたときだった。

「何を隠し持っている」

「──っ、やめて！」

リアンヌの制止する声を無視して、背中の違和感に気づいたラーシュレイフが羽織っていた外套をめくり上げた。

「──！」

背中に生えた片方だけの羽根に、ラーシュレイフが息を呑むのがわかった。「……羽根……だ」と呟《つぶや》く声は掠《かす》れていた。

「……妖精……なのか？」

先ほどまでの高圧的な気配はなくなり、切れ切れの声は動揺に震えている。

(あぁ、そうか。記憶を抜いたから、さっきのことは覚えてないんだったわ)

だから、彼にとってこれがはじめて羽根を見たことになるのだ。

腕の力が緩み、身動きがとれるようになる。おずおずと肩越しに振り返れば、ラーシュレイフは食い入るように羽根を見つめていた。

「これだ……、俺が見間違うわけがない。あの羽根だ――。そんな、まさか本当に実在していたなんて……」

上擦った声はまるで自問自答しているかのよう。極度に気分が高揚しているのが見てとれる。青い目がみるみる濡れ、零れた涙が次々と羽根に落ちてきた。

「や……っ」

咄嗟に逃げようとするも、「待って！」とものすごい力でベッドに押しつけられる。

「あ……あぁ、――神よ」

ラーシュレイフは羽根に手を這わせ、歓喜の声を零した。

「や……っ、やめ……、触らないで……」

羽根は妖精にとって急所でもある。わずかな刺激にも過敏に反応してしまい、力が抜けるのだ。

「ようやく……見つけた。――ずっと、求めていたんだ。この感触、……あぁ、たまらないっ」

顔をすり寄せ、頬ずりする仕草に悪寒が走った。

「やぁ……、助けて――」

どんどん力が抜けていく。

（誰か――っ）

咄嗟に椅子で丸くなっているレグナルドを見た。懇願の眼差しに、まださっきのことを根に持っている黒猫は一瞬嫌そうな顔をするも、立ち上がるとラーシュレイフの背中に飛び乗り、次の瞬間には鋭い爪を立てた。

「――ッ!!」

ラーシュレイフが怯《ひる》んだ隙に、ベッドから抜け出した。

「待って、逃げないでくれ！」

襲われかけているのに、待つ者はいない。急いで彼と距離を取るも、ラーシュレイフはこの世の終わりみたいな顔で、手を伸ばしてくる。が、空を掻いた勢いのまま、ベッドから派手に落ちた。

「――ッ！」

けたたましい音に、リアンヌのほうが顔を顰めてしまった。

（絶対に痛いやつだ……）

「――だ、大丈夫……？」

おそるおそる呼びかければ、ぬっと伸びてきた腕に手を取られた。

「ひぃっ！」

床を蜘蛛のように這い、リアンヌの足下に縋《すが》りついた。

「は……離して！」

「――あ……あぁ、あ――ッ!!」

雄叫びのような慟哭に、身体が跳ねる。彼の行動はもはや恐怖でしかなかった。

（な、なんなのっ！）

必死で彼の腕から逃れようと暴れるも、縋りつく腕はびくともしない。逃がすまいと身体をすり寄せられた。

「や、やめて！」

「嫌だ、離さないっ。頼む、どこにも行かないでくれ!!」

動転するリアンヌが見えていないのか、ラーシュレイフは声を上げ泣きじゃくった。

「え、えぇ――……」

ラーシュレイフがあまりに必死にしがみついてくるせいで、リアンヌはバランスを失い尻餅をついた。

「い……たぁ――」

強かに打った腰に顔を顰める。その隙に、ラーシュレイフが這い上がり腰にしがみついてくる。強烈な悪寒が背筋を這った。

（も――ぅ、なんなのよ！）

覚えのない切望には、啞然とするしかない。ラーシュレイフの姿は、母親と再会できた迷子の子どものようだった。

レグナルドがラーシュレイフの後頭部に飛び乗った。

『記憶を抜くか』

リアンヌはその申し出に大きくため息をついた。

「――まだいいです」


ラーシュレイフが落ち着きを取り戻したのは、それから半刻後のことだった。

何しろ、ラーシュレイフがリアンヌを離そうとしなかったからだ。彼を宥めすかしてベッドに寝かすだけで一苦労だった。

「……取り乱して、すまなかった」

「いいえ」

自分でも醜態を晒したことに気まずさを覚えているのだろう。消沈した姿は可哀想ではあったが、彼の手は今もまだリアンヌの手を摑んだままだ。

(手、いつになったら放してくれるのかしら)

困り顔のリアンヌを横目で見た彼は、わずかに頰を赤らめた。

初々しく恥じらう姿には、苦笑するしかない。

絶対にその反応は違うと思うのだが、当の本人がまったくそのことに気づいていないとはどういうことなのだろう。もしかして、怪我をしたとき、頭も打ったのだろうか。

リアンヌの肩に乗ったレグナルドは、警戒心いっぱいの目で彼を見ていた。

「――それでは、確認です。ご自分のお名前はわかりますか？」

「ラーシュレイフだ。どうかラーシュと呼んでほしい。十五から冒険者をしている。……よければ、あなたの名前も教えてくれないだろうか？」

冒険者であることは、彼のいでたちを見たときからわかっていた。赤茶色のレザーアーマーに鋼の肩当て、腰に下げた幾つものポシェットと、落ちていた長剣らは今、汚れを拭き取って外に干してある。

「ラーシュレイフ様は」

「様もいらない。ラーシュとだけ」

いちいち訂正されるせいで、話がいっこうに進まない。

「……では、ラーシュと」

面倒くささに根負けすると、彼は蕩《とろ》けるような表情を浮かべた。本当に大丈夫なのだろうか。理由もなく懐《なつ》かれたむず痒《がゆ》さに居心地が悪い。野良犬だってもっと警戒心を持っている。

「ラーシュはなぜ魔女の森に入ったのです？　人間がおいそれと足を踏み入れることがで

きない場所であることは、冒険者である者なら誰もが承知していることです」

「もちろん、魔女の森が人間の侵入を拒んでいることは知っている。だが、冒険者なら難攻不落の場所こそ攻略したいと思うもの。俺もその一人だ。勇《いさ》んで森に入り、怪我をしている獣を見つけ助けようとしたところを背後から襲われた。――まったくもって不甲斐ないな」

苦笑いを浮かべる横顔を、リアンヌは神妙な面持ちで見ていた。

リアンヌに対する態度こそおかしいが、受け答えはまともだった。記憶もしっかりしているようにも見受けられることから、頭は打っていないのだろう。

とはいえ、彼の言葉を鵜呑《うの》みにするほどリアンヌもお人好しではない。

いったい、どこに「あなたを討伐に来ました」と馬鹿正直に告げる者がいるだろう。後ろめたい事情を抱える者ほど、真実を隠したがるものだ。

彼の装備品は使い込まれているものの、実によく手入れがされていた。冒険者になったばかりの新米では、あの装備品にはならない。誰かから譲られたものという可能性もあるが、すべての防具が彼の身体に馴染んでいた。

そして、彼の鍛えられた体軀からも、冒険者をしていることが伝わってくる。背中を斜めに走る三本の鉤爪の痕以外にも、古傷がいくつもあるからだ。

今回の怪我で多少防具は破損したが、それ以外に壊れている箇所も見当たらない。

つまりは、冒険者としてラーシュレイフは上位者なのだ。

そんな彼が背後を取られるような不覚を取ったことに、リアンヌは違和感を拭えなかった。爪痕にもおかしな点がいくつかある。魔獣に襲われたのだとしたら、傷口には多少なりとも魔力が付着しているが、彼の傷口からは何も感じなかった。

（やはりラーシュレイフを襲ったのは、人間なんだわ）

レグナルドも同じことを考えているのだろう。こちらを見た金色の瞳にリアンヌは小さく頷いた。

「事情はわかりました。それで、お身体の具合はいかがですか？」

問いかけると、なぜかラーシュレイフが目を潤《うる》ませ微笑んだ。美貌が生む恥じらい混じりの微笑《びしょう》に、思わず頬が引きつってしまった。

（やりにくいわ……）

今の会話のどこに、歓喜を覚えたのだろう。

「痛みには慣れているが、体力にやや不安がある」

しかも口調だけは毅然《きぜん》としているのだから、ますます扱いにくい。

「あれだけの深手でしたもの。仕方ありませんわ」

そう言って、リアンヌは顔色を見ようと彼の顔を覗き込んだ。

青色の瞳と目が合った瞬間、その目尻が朱色に染まった。

「……近づかれると、気持ちが抑えられなくなるのだが」

「なんの気持ちですか？」

戸惑う声に聞き返せば、「いや、だから、その……」とラーシュレイフが言葉を濁した。

もじもじとする様子はさながら生娘《きむすめ》のようだ。リアンヌが姿勢を戻した。

「この様子なら二十日もあれば全快できるでしょう。それまで、こちらで養生してください。時期を見て私が村へ続く道までご案内します」

ラーシュレイフの事情はどうであれ、傷と体力が癒えればリアンヌの役目は終わりだ。

「二十日……？」

「ええ。二十日ですね」

リアンヌはわざと事務的な口調で返した。

「ご安心ください。あくまでも目安であり、あなたの回復次第でもっと早くなりますよ」

にこりと微笑めば、ラーシュレイフが狼狽《うろた》えた。

「いや、そうではなく――……、俺は二十日間しかいられないのか？」

「何か不都合でも？」

ラーシュレイフの目的を知っていながらとぼける自分も大概だが、これぱかりは仕方がない。

首を傾げると「大ありだ」と言わんばかりに、ラーシュレイフが首を縦に振った。

「――これはそんな短期間で治るようなものではないはずだ」

そう不満を告げる声には、もっと長くこの地に留まりたいという欲求が滲んでいた。

「本来ならばそうでしょうが、私が治療すれば通常の何倍も早く治癒するのです」

すると、ラーシュレイフがはっと息を呑んだ。

「それも妖精の力なのか？　やはり、あなたは妖精なのだな!?　傷を癒やす他にはどんなことができる？」

ラーシュレイフの目が途端にいきいきとし始めた。

（あぁ、なるほど。この人、妖精が好きなんだわ）

だから、会って間もないリアンヌに好意を持ち、この地を離れるのを惜しむのだ。

彼にとって妖精は憧憬の対象なのだろう。

（人にしては、珍しいわね）

人間にとって妖精とは忌《い》むべき存在になっているはず。幼い子どもならともかく、大の大人が妖精に憧れや親愛を抱いていることに驚いた。

しかし、そう思えば彼のこれまでの行動にも納得がいく。

目を覚ましたときこそリアンヌを警戒したが、背中の羽を見た途端、態度が一変したのは、リアンヌが妖精だったからだ。

（でも、本当にそうなの？）

助けた者たちの中には、妖精に興味を持つふりをして羽根を狙う者もいた。

（せめて、傷が癒えるまでは大人しくしてくれるといいのだけれど）

でなければ、リアンヌに仇なす者だとわかった時点で、レグナルドに記憶を消されて森の外に放り出されてしまうのだから。

リアンヌは曖昧《あいまい》に笑って質問をごまかした。

「今、薬湯を持ってまいりますわ。少し苦いですが、滋養強壮にとてもいいのです。——手を離してくださいますか？」

繋がれたままの手に視線を向けると、ラーシュレイフが一瞬辛そうな顔をして、ぎゅっと手に力を込めた。

「すぐにまた戻ってきてくれるか？」

「え？　ええ、薬湯を取りに行くだけですから」

答えると、ラーシュレイフは逡巡《しゅんじゅん》したのち、しぶしぶ手を離した。その様子も、本当は離したくないが仕方なくという気持ちがまるわかりの仕草だった。

これがリアンヌを油断させるための演技なら、彼は冒険者を辞めても詐欺師としてやっていけるに違いない。

ラーシュレイフを見ていると、グラテナを手当てしたときを思い出す。強面《こわもて》のくせに、尻尾だけはゆらゆらと揺れていた。そうして、結界の外に戻ることなく森に棲みついてしまったのだ。

大きな図体《ずうたい》で可愛《かわい》らしく甘えられることに嫌とは言えなかった時点で、リアンヌの負けなのだ。なぜだか、あのときと同じ気配を感じてならない。ラーシュレイフが向けてくる必死さと平静を取り繕おうとする不均衡さが、危うくもあり可愛くも感じてしまう。

「待って」

扉に手をかけたところで呼び止められた。

「はい。なんでしょう？」

「あ……、いや。ここは本当に魔女の森の中なのか？」

必死に会話の糸口を探すところもいじらしい。

「と、申しますと？」

「俺たちが聞き知る森とは、ずいぶん景色が違うからだ。魔女の森は人間を拒み、立ち入った者はたちどころに錯乱し正気を失うと聞く。しかし、あなたが棲むこの家は、そんな禍々《まがまが》しさとは無縁の気配がする。穏やかで心地いい。空気も澄んでいる」

部屋を見渡すラーシュレイフが語った言葉に、リアンヌは改めて自分が畏怖の対象であることを知った。

魔獣に襲われた傷を癒やし、森での一切の記憶を消して外へ帰す。

それなのに、人間たちからは「魔女」だと恐れられ、討伐の対象とされているのだ。もちろん、結界を完成させたいという人間側の悲願もあるのだろうが、四百年という時間で歪められた事実には、もう失笑すら出なくなっていた。

けれど、リアンヌはそれを正そうとは思わない。

恐怖を抱くかぎり、人は森に近づこうとしないからだ。

しかし、少し記憶を抜いただけなのに、正気を失うとは大げさだ。

「それは――」

『それは、お前のような輩《やから》が入ってこないためだ』

リアンヌの言葉を遮り、レグナルドが告げた。

ラーシュレイフは目を見開くと、みるみる殺気を漲らせベッドから飛び降りる。リアンヌに駆け寄り腕の中に囲うと同時に、レグナルドの首根っこを摑み肩から引き剝がした。

「貴様、魔獣か！」

先ほどと同じ台詞にリアンヌは「ち、違います！」と腕の中から声を上げた。

「レグナルド様は魔獣ではありませんっ」

「何を言う、今話しただろう！　知性を持つ魔獣は上位ランクだぞ。生かしておいては、あなたが危ないっ！」

「彼はそのようなことはしないのですっ。とにかく手を離してください！　でないと、またあなたに危害が加えられますよ！　先ほどのことをもうお忘れになったのですか⁉」

「先ほどのこと？」

訝しげな声に、はっとする。記憶を抜かれたせいで、覚えていないのだ。

レグナルドも敵意をむき出しにして、魔力を膨らませている。

「レグナルド様もお鎮《しず》まりくださいっ」

『小童《こわっぱ》が舐《な》めた真似をするな！』

凄みのある声が、部屋に木霊する。身体の力が足下から抜け落ちていきそうな威圧感に、ぐっと奥歯を噛みしめ耐えた。

見上げたラーシュレイフの顔は険しく、血の気が引いている。

（いけないっ）

「レグナルド様！」

力いっぱいラーシュレイフを押しやり、レグナルドに手を伸ばす。「来て！」と叫んだ。

宙ぶらりんになりながらも身体を捩って暴れたレグナルドを、腕の中に抱き込む。まだ憤怒に震える小さな身体をぎゅっと抱きしめて、ラーシュレイフを睨んだ。

「あなたも無益なことはなさらないで！　この方は、私を傷つけたりしません」

「しかし――っ、これは」

「魔獣だから危険だというのは人間側の理屈です。なぜ、彼らが人を襲うのかあなたはご存じないのですか？」

リアンヌの言葉に、ラーシュレイフは胡乱な表情になった。

「何？」

「襲われる者が必ずしも弱者ではありません」

長い時間を経て、両者の立場は逆転した。かつて魔獣を脅かしていたのは、人間たちだ。

「それは、あなたが妖精だからか」

今度は、リアンヌが怪訝な顔になった。

「どういう意味ですか？」

「魔獣が人間を襲うのは、妖精が唆したからだ」

あんまりな誤解に、開いた口がふさがらなかった。腕の中ではレグナルドが総毛立ちながら怒りに金色の目を爛々《らんらん》とさせている。

「いけません。堪《こら》えてください」

背中を撫でて、レグナルドを宥めた。

人間たちに都合よくねじ曲げられた過去が、リアンヌたちを傷つける。

それでも、彼らの傲慢さと姑息さを恨んではいけない。シャンテレーレの羽根を預かる者として、心を闇で染めるわけにはいかないのだ。

リアンヌはすぅっと息を吸い込み、怒りと共に全身から力を抜いた。

「私は理由なく殺生をするなと言っているだけです」

「魔獣は理由もなしに人を襲うぞ。あなたは知らないだろうが、現に先日も村が魔獣の群れに襲われたのだ。それでも、彼らが悪ではないというのか」

責める口調に、リアンヌが苦しげに眉を寄せた。

「――いいえ。その痛ましい出来事なら、私も知っています。ですが、魔獣は本来、生き物を襲わない」

敵意を向けるのは、恨んでいるからだ。この地に染みついた人間たちへの怨嗟が彼らを突き動かしている。

人間はその理由をいつの間にか忘れてしまった。魔獣だけを悪にし、排除しようと躍起になっている。結界を完成させるために羽根を求め続けているのも、魔獣への恐怖に怯えているからだ。

魔獣とは何なのか、人間たちはもう覚えていないのだろう。

(人と妖精は憎しみ合うしかないの?)

湧き上がる悲しみに目を伏せると、怒気を鎮めたレグナルドが唇を舐めた。ざらりとした小さな舌の感触がくすぐったい。にゃあと鳴いて頬も舐めてくる。

「ありがとうございます」

その愛らしい仕草に小さく笑い、もう一度、ぎゅっと抱きしめた。その足で部屋から出ていこうとすると、またラーシュレイフに止められる。

「腕を離してください」

「俺は――」

何か言おうとしている秀麗な美貌を睨みつける。ラーシュレイフがぐっと顎《あご》を引いた。

おずおずと腕がリアンヌから離れていく。

好印象を抱きかけていたが、所詮は彼も人間なのだ。

自分たちは相容れない存在だと思い知らされる。

「ここは魔女の森の中。あなたの嫌う魔獣もいます。くれぐれも傷が癒えるまでは外に出ないよう。――次は助けませんよ」

そう言い置いて、ラーシュレイフに背を向けた。

「ま、待ってくれ！」

縋る声を無視して、部屋を出る。内側から開けられないよう、レグナルドが扉に呪文を施した。

その直後、内側からけたたましく扉を叩く音がした。

「行かないで！　俺とあなたとでは魔獣への見解がまるで違うことも、その猫があなたにとってとても大事な存在であることもわかった！　だから、話をさせてくれないかっ？　あなたはまた戻ってきてくれるのだろうっ!?　せめて、それだけでも答えてくれ！」

扉を叩き続けながら、話し合いたいと喚《わめ》いている。

「ここを開けてくれ！　部屋から出るなと言うなら一歩も出ない。だから、――せめて約束が欲しい。――俺は嫌われてしまったのか……？」

なりふりかまわない必死に訴えは、憐れみすら覚えるほど無様だった。

魔獣だからというだけで殺意を向ける彼らと、人間を襲う魔獣とどこが違うというのだろう。

そのくせリアンヌが態度を硬化させた途端、ご機嫌取りのようにへりくだってくる。

(嫌われてしまったのか、ですって？)

人間を嫌いと思ったことなどない。同じくらい、好きだと感じたこともないのだ。

ただ、ラーシュレイフの悲痛な声は心を抉る。関わらないほうがいいとわかっているのに「行くな」と言う彼に応えたい気持ちもあるのだ。

(どうしてなの？)

自分の心なのに、別の誰かのものにすら感じてしまう。

ままならない感情に、ぎゅっと下唇を噛んだ。

『奴も傷が癒えればすべてを忘れる。それまでの辛抱だ。ゆめゆめ心を許すなよ。人間は簡単に嘘をつく生き物だ』

「そう……ですね」

見上げてくる金色の目に、リアンヌは苦笑した。

ラーシュレイフが森を出て行きさえすれば、この不安も消えるだろう

台所で薬湯を作り、ラーシュレイフがいる部屋の扉を叩いた。

顔を合わせることに多少の気まずさはあったものの、治療をしなければ傷は癒えない。

「あ、あれ？」

扉を開けようとするのだが、何か大きなものが内側で邪魔をしているらしくつっかえて開かない。

思い当たるのは、半狂乱になりながら扉を叩いていたラーシュレイフのことだけ。

無視していたら静かになったので、てっきり諦めてベッドに戻ったのだと思っていたのだが――。

「ラーシュ？」

呼びかけるが、返事はなかった。

（まさか、また倒れたんじゃ――）

嫌な予感が胸をよぎる。

「やだ、どうしよう。ラーシュ、ラーシュレイフ？　返事をしてっ」

左手で扉を叩いた。

『待っていろ』

肩にいたレグナルドが少し開いていた廊下の小窓から外に出る。次に窓硝子が割れる音がしたと思ったら、「痛っ」と室内から小さな悲鳴が聞こえてきた。

「レグナルド様、何をなさったんですか。今の悲鳴はラーシュですよね!?」

『大事ない。扉の前で寝ていたのを起こしただけだ』

ややして、扉が開いた。リアンヌを出迎えたのは、左頬に真新しいひっかき傷をつけたラーシュレイフだ。心なしか顔色も先ほどより悪くなっている気がした。

「もしかして、あれからずっとここにいたのですか？」

「あなたが……本当に戻ってくるか不安だった」

信じられない返答には、もう呆れるしかない。

冒険者は基本単独で行動する。だが、今のラーシュレイフは主《あるじ》に叱《しか》られ、しゅんとする犬そのものだ。彼にとってリアンヌは魔女と呼ばれる存在であり、狩るべき相手。にもかかわらず、こうも簡単に懐いてしまえる心境がわからない。よく今日まで無事でいられたものだ。

（いや。無事じゃなかったから、ここにいるのよね）

「さっきはすまなかった」

落ち込む姿が可哀想に思えてくると、怒っていた気分も萎えてしまった。

「私こそ、強く言いすぎました。申し訳ありません」

ラーシュレイフが浮かない表情のまま、身体を引いてリアンヌを中へ招き入れた。

「俺を許してくれるのか？　まだ嫌われてない？」

「はい」

価値観の違いなど、取るに足らないことだ。そう思えば、むやみやたらに気持ちを乱すことが馬鹿らしく思えた。

頷くと、濡れた青い目に安堵の光が灯る。

（もしかして泣いていた？）

この程度のことで、と内心驚く。

リアンヌの一挙一動に振り回されるラーシュレイフは、見た目は完璧なのに、中身は残念としか言いようがない。我を忘れるほど妖精が好きなのだろう。

しかし、何かに執着できるラーシュレイフを少しだけ羨ましいと思った。

（私にはないから）

生まれてこの方、リアンヌは一つのものに固執したことはない。すべてを同等に扱い、等しく大切にしてきた。人間たちも森に住む妖精たちのこともだ。だから、ラーシュレイフの執着心は、リアンヌにはまだ理解できない。

「また傷が増えてしまいましたね。薬湯を飲んでから手当てをしましょう。さぁ、ベッドに戻ってください」

大人しくベッドに入ったラーシュレイフの膝の上に、薬湯と蜂蜜《はちみつ》が入ったものをトレーに乗せて出した。ベッド脇の丸椅子に腰を下ろすと、レグナルドが右肩へと上ってくる。

『なぁ～』と愛らしく鳴いて、顔を頬にすり寄せてきた。

右手をレグナルドへ寄せると、そこにも身体をこすりつけてきた。長毛の柔らかい毛並みがふわふわふわして気持ちがいい。

それを見ていたラーシュレイフは一瞬辛そうな顔をするも、ゆっくりと薬湯が入ったカップに視線を落とした。

「――なぜなのだろう。あなたといると、俺は普通でなくなる。あなたが離れていくことを思うだけで不安に支配されるんだ。こんなこと今まで一度もない。そのせいで、あなたにはずいぶんと情けない姿を見せてしまっているな」

話す声は沈んでいるが、気持ちは幾分落ち着いているのだろう。

そうしていると、見た目通りの硬派な人間にしか見えない。俯いた拍子に、肩から白金色の髪がさらさらと零れ落ちる。伸びた背筋といい、口調から感じる品の良さといい、彼は貴族の出なのだろう。

今リアンヌが見ている姿こそ、平常時のものに違いない。

ラーシュレイフは今、普段とは違う自分にひどく戸惑っている。

彼にとって、妖精とは自制ができなくなるほど特別なものなのだろう。ならば、あなたの行動は妖精を前に興奮しているからですよ、なんて余計な刺激は与えないほうがいい。

「きっと、心が弱っているからです。大丈夫、傷が癒えればもとのあなたに戻りますよ」

「そうだろうか」

「えぇ、大丈夫です」

当たりさわりのない返答に、ラーシュレイフが不安げな顔をする。

安心させるように笑顔を作り、薬湯を飲むよう勧めた。

「少し苦いので、こちらで口直しをしながら飲んでください」

「ありがとう。いただくよ」

草色をした薬湯に、ラーシュレイフがさっそく口をつけた。が、口に含んだ直後、カッと目を見開き、首元まで真っ赤にして懇願の眼差しをリアンヌに向けた。

よく見る光景に微苦笑しながら、蜂蜜を指さす。

すると、ラーシュレイフが飛びつくように匙《さじ》で蜂蜜をすくい舐めた。

「なんだこれは、毒か!?」

「いいえ、薬湯です」

良薬とは総じて苦いものなのだ。

とはいえ、リアンヌもできるかぎり飲みたくない一品でもある。何しろ、自分で作っておきながら、これはとんでもなく不味い。飲んだ瞬間から猛烈な草臭さが口の中に広がり、舌を襲うえぐみが嘔吐感《おうとかん》を誘う。溢れる唾液で薄まるどころか、ますます草の匂いが膨らみ、飲み下すくらいなら痛みに苦しんだほうがましなのではと思わせる、究極の代物だ。蜂蜜で味をごまかさなければ、到底飲めたものではない。

でも、一日でも早く森を出て行ってもらわなければならない身としては、是が非でも飲んでもらいたいものでもあった。

薬湯を四苦八苦しながら飲み干すのを見届けて、トレーを下げた。

「一日三度、三日も飲めば体力も戻ります」

「これを三度……」

リアンヌの言葉に、美貌が悲壮感に染まった。真っ赤に充血した目がうつろになっていく。絶望に突き落とされたかのような表情も、よく見る光景だった。

くすくすと笑いながら、レグナルドがつけた傷の手当てをする。

手を傷口に翳して、魔力を込める。ラーシュレイフの身体を形成する細胞たちに、傷の修復を促進するよう呼びかけた。すると、みるみる傷痕が消えていく。

「もう大丈夫ですよ」

跡形もなく傷が消えた頬に手を当て、ラーシュレイフが信じられないと首を振った。

「あなたは……なんというか、すごいんだな」

彼が零した感嘆を、曖昧に笑ってごまかす。

ラーシュレイフが眩《まぶ》しそうに目を細めた。何かを耐えるように下げた左手で右手を押さえている。

「森の魔女がこれほど愛らしく優しい人であるなど、誰も想像すらしていないだろうな。俺自身ですら、目の前にいるあなたがかの羽根の妖精だという現実を受け止め切れていない。今も自分を律していなければ、気持ちが溢れてしまう」

ためらいがちに手を伸ばしてくるも、肩に乗っているレグナルドの威嚇《いかく》に怯んだ。

「……あなたが結界の羽根の妖精なのだろう？」

「そうだと言えば、あなたは私の羽根を奪っていきますか？」

「――ッ」

綺麗な顔立ちが目に見えて強ばった。

それを見て、リアンヌが微笑を浮かべる。

「森にやってくる冒険者たちは、みなこの妖精の羽根を狙ってきます。冒険者だけじゃない。以前、大勢の兵士が森に入り、かなりの間森をさまよっていました」

あれはマダナリスティア王国軍の兵士たちだ。おおよそ、魔女狩りにやって来ていたのだろう。だが、目的は果たせなかった。リアンヌとレグナルドの二人がかりで彼らの記憶を抜き取ったからだ。人間を傷つけることを歓迎しなかったシャンテレーレが彼らと自分の身を守るために選んだ手段こそ、記憶の芽を抜き取ることだった。

「妖精だと、認める……のか？」

さんざん妖精だろうと聞いてきたわりに、弱々しい声の問いかけがおかしかった。

「妖精は嘘をつきません」

肯定すれば、空色の瞳に歓喜と悲観が入り交じった。

「俺は――……」

「大丈夫です。あなたが何者でどんな目的を持っていようと私は気にしていません」

「では、あなたは自分に危害を加える者だと知りながら、傷ついた者を助けていたのか？　この家に招き俺にしたようにその羽根を見せて？　命を取られると思わなかったのか？」

リアンヌは問いかけには答えず、静かに笑った。

答えをはぐらかされたことに気づいたのだろう。

ラーシュレイフはぎゅっと膝の上で拳を握りしめた。

「――怖くはなかったか？」

「え？」

「いつ襲われるかもしれない恐怖と緊張感に疲れはしないのか？　その羽根ではもう空を飛べないのだろう？　襲われたとき、どうやって逃げるつもりだったんだ？　辛くはなかったか？　片羽根をなくした背は痛まないか？」

矢継ぎ早の質問に、彼が何を言わんとしているのかすぐには理解できなかった。

森に入ってくる者たちは、羽根を奪い名を上げようとすることで頭がいっぱいな者や、国の命令でやって来る者ばかりで、誰もリアンヌの心と身体を気遣ったりしなかった。彼らにとって、リアンヌは心を配るべき対象ではなく、狩る獲物だからだ。

けれど、ラーシュレイフは違った。

リアンヌを一人の存在として気にかけてくれた。失ったものに自分のことのように心を痛ませ、労ってくれようとしている。

（こんな人間、はじめて）

「妖精にとって羽根がどれほど大事なものかは想像できないが、身体の一部を失った喪失感なら少しはわかるつもりだ。痛かっただろう？」

そう問いかける彼のほうが痛々しい顔をしている。

「標的の心配をなさるなんて、不思議な方ですね。相手の痛みに寄り添おうとする姿勢は素晴らしいことだと思いますけれど、それでは冒険者として苦労なさるのでは？」

ラーシュレイフが森で獣を助けようとして不覚を取ったのも、彼の優しさにも原因があったのだろう。

非情であれとは言わないが、心をかけすぎては身が持たなくなる。

図星だったのか、彼はばつの悪そうな表情になっていた。

「お気遣いありがとうございます。でも、私は――」

『しゃべりすぎだぞ』

話に割って入ってきたレグナルドが、小さな身体をリアンヌの顔に押しつけるようにすり寄ってきた。

『用事は終わったのだろう。ならば、長居は無用だ』

不用意に人間と関わるな、と金色の瞳が諫《いさ》めてくる。

(そうだった)

うっかり自分のことを話すところだった。

どうもラーシュレイフといると、調子が狂う。

「では、失礼します。何かあれば、呼び鈴を鳴らしてください。くれぐれも部屋の外には出ないようお願いしますね」

そう言い置いて立ち上がると、途端にラーシュレイフが寂しそうにした。

(だって、これなんだもの)

故意なのか、無自覚なのか、彼の行動はいちいち放っておけない気持ちにさせる。

ラーシュレイフは一人になるのが寂しいのではなく、妖精と離れるのが嫌なのだろう。

(どうして妖精が好きなのかしら?)

彼の理性を瓦解《がかい》させてしまうほどの親愛を、いつ彼は抱いたのか。

何かラーシュレイフにそう思わせる出来事が過去にあったのかもしれない。

でなければ、これほどまで妖精に執着するはずがないからだ。

聞いてみたいが、必要以上の接触は記憶の根を伸ばしてしまうことになりかねない。

諦め、愛想笑いを浮かべた。

「また夕食を持ってまいります」

「必ず、会いにきてくれ」

きゅっとリアンヌの指先を握りながら、懇願を口にする。

熱望の眼差しはリアンヌが部屋を出ていくまで追いかけてきた。

扉で遮られて、ようやくほっと肩から力を抜いた。

(疲れた)

ラーシュレイフはこれまで助けてきたどの怪我人とも違う。色仕掛けでリアンヌを陥落して、羽根を奪おうとする者たちのような姑息さは感じられない。

情緒不安定で情けない姿も演技かと言われると、少し違う気がする。

ラーシュレイフを見たときの、強い郷愁と狂おしいほどの切なさはなんだったのか。

彼の行動は、人間がするある行為と非常によく似ている。

恋だ。

ラーシュレイフは妖精に恋をしているのだろうか。

（まさか）

人間たちが暮らす場所に、人の形を成せるだけの魔力を持った妖精はいない。見たこともない存在にどうやって懸想《けそう》するというのだ。

けれど、人は想いを寄せている相手の前では頬を赤らめたり、普段はしない行動や衝動に突き動かされたりするのだとか。

レグナルドやグラテナがこぞって彼を嫌うのも気になる。

シャンテレーレのことを知っていたこともだ。

（何者なの？）

彼は本当に純粋な人間なのだろうか。

『その羽根ではもう飛べないのだろう？』

妙なことを言ってくれる。けれど、はるか昔、誰かに同じことを言われた気がした。

リアンヌはなくした片羽根を思い、右肩に触れた。

空を自由に飛べていたのは、シャンテレーレだけ。

妖精でも人間でもない自分は、ただ羽根を受け継ぎ、来るべきときのためだけに生きている。

『余計なことは考えるな』

右肩から左肩へと移動したレグナルドが、顔を寄せてくる。伝わる温もりは、杞憂に沈みかけていた心をゆっくりと掬《すく》い上げていった。浮かなかった表情に明るさが戻ると、レグナルドが『にゃん』と鳴いた。

「そう……ですね。これまで通りにします」

自分は与えられた使命を果たすために在ればいい。

第三章　美男子からの誘惑

リアンヌは、週に一度、森のはずれに設置してある木箱を見に行く。

魔女の森には、他では手に入らない薬草が数多く自生している。リアンヌは先祖から受け継ぐ記憶から得た数多の知識を生かし、薬師として生計を立てていた。

木箱の中に必要な薬を書いて入れておけば、数日中には望みの品が入っている。依頼者は薬を受け取る際に、決まった額の硬貨を中に入れるのだ。中には薬だけを持ち逃げする者もいる。そういう輩には二度と薬は作らないので、自ずと等価交換が定着していた。

誰が薬を作っているのかは、表向きは誰も知らないとされているが、長年この地に住まう者は薄々勘づいている者もいるだろう。

森に住む魔女を怖れながらも、彼女が作る薬には縋りたい。だから正体をわざわざ暴《あば》く真似はしない。

なぜなら、リアンヌが作る薬はよく効くからだ。

また、リアンヌが提示する薬代は決して高額ではない。むしろ、人間たちの薬師より安価だ。それはリアンヌ自身がお金をあまり必要としていないからに他ならない。

うま味だけを搾取しようとする人間の欲とは、実に利己的なのだとつくづく思い知らされる。

本来、リアンヌは魔女の森の中だけで十分暮らしていける。

人間との交流を続けているのは、ある目的を果たすため多少なりとも彼らの暮らしを知っておかなければ不都合が出てくるからだ。

妖精といえども子孫を作るには子種が必要だ。同族同士で子を産めればいいが、妖精たちにとって裏切り者であるシャンテレーレの子孫はそれができない。だから、人間の男に子種を求めるしかないのだ。

発情期に入ると、人間の中に混じり、子種をもらい受ける。

リアンヌもいずれ発情期を迎える。そうすれば子を成すため人間の男と交わらなければならない。使命を持って生まれてきた以上、リアンヌはその運命に抗えなかった。

(けれど、間に合わないかもしれないわ)

結界は、年々脆弱になっている。早く、両羽根で結界を完成させなければ、人間は再び混沌に呑み込まれてしまう。

長い年月、魔獣たちが鬱積《うっせき》させてきた人間たちへの恨みは深い。結界の外には、前回村を襲った魔獣とは比べものにならないほど巨大で、高度な知性を持ったものもいるのだ。

彼らは結界が解かれるのを虎視眈々と待っているに違いない。

それだけは回避しなければならないのに、約束の人はいつ現れるのだろう。

リアンヌには、もう来ないような気もしていた。

シャンテレーレが約束を交わしてから、四百年が経った。かつて王だった男もとっくに死に、その肉体は土に帰している。

どれだけ待ったところで、彼がシャンテレーレを迎えに来ることはない。

裏切られたのに、それでも王との約束を果たそうとする王女を愚かだと思う。そんな身勝手な願望に振り回されている自分たちは、彼女の願いを叶えるための道具でしかないのだろうか。

（でも、それが恋しさなのよね）

リアンヌには理解できない情こそ、恋慕なのだろう。

まだ恋を知らない自分には、彼女のひとしおの想いに心を添わせることができない。

裏切られても信じたい想いとは、どれほどのものなのだろうか。

すべてを捨ててでもたった一人を深く愛する気持ちを知ったシャンテレーレは、どんな想いで魔女の森にいたのだろう。

代々彼女の記憶を共有してきたが、なぜかシャンテレーレの恋の記憶は受け継がれなかった。もしかしたら、誰にも知られたくなかったのかもしれない。自分一人だけのものにしておきたかったのだろう。

最愛の妹を人間の王に奪われた悲しみから、妖精王だったレグナルドは魔獣と化した。そんな彼が語るシャンテレーレとの思い出は、どれも妖精国で暮らしてきたことばかりで、人間との恋物語はない。

（どんな人だったのかしら）

妖精の心を奪うほどなら、よほど美しい人だったに違いない。妖精はみな綺麗なものが大好きだからだ。

ふと脳裏にラーシュレイフの顔が浮かんだ。

（そうね、彼ほど綺麗なら心惹《ひ》かれたりもするのかしら）

人間でありながら、人とは思えないほどの美貌を持つ青年だ。彼を見たら妖精たちも浮き足立つに違いない。その様子を思い浮かべて、ふふっと一人含み笑いをした。

リアンヌが請け負う依頼の多くは不眠や不調を改善する薬だが、中には恋を成就させる薬もある。

木箱の中に、今回入っていた依頼書は三通。

家に戻って確認した依頼書の一通を見て、リアンヌはふと表情を曇らせた。

――お母さんを助けてください。

母親が熱で長らく寝込んでいて、医者も匙を投げてしまったと書かれてある。誰か大人に代筆をしてもらったのだろう。大人びた文字で記されている幼い文面から、年端もいかない子どもからの依頼なのだと感じた。

(でも、これだけでは症状がわからないわ)

熱ひとつにもさまざまな原因があり、調合を間違えればただの苦い薬にしかならない。よほど切羽詰まっているのだろう。通常なら薬と引き換えにもらう硬貨がすでに入っていた。触れると幼子の切なる願いが伝わってくる。きっとわらにも縋る思いだったのだ。助けてあげたい。

けれど、リアンヌには症状を知る手立てがなかった。できることなら、リアンヌが直接この母子のもとへ赴き、治癒の力を使えればいいのだが、そんなことをすれば正体までもばれてしまう。必要以上に人間に姿を見せることをレグナルドはよしとしないのだ。

「困ったわ」

依頼書を見つめながら困惑していると『どうかしたのか?』と、小窓の外を見ていたレグナルドが肩に飛び乗ってきた。

「母親の熱を下げてほしいという依頼なのですが、症状がよくわからないのです」

困っていると、レグナルドが鼻先を依頼書に近づけた。

『私が行って様子を見てきてやろう』

「え？　いいんですか」

『かまわん』

ぴょんと肩から飛び降りて、小窓に近づく。

『この辺りなら、そう遠くはない』

「匂いで依頼主の居場所がわかるなんて、便利ですね」

『ふん。私を誰だと思っている』

じろりと金色の瞳が睨《ね》めつけ、開けろと小さい前脚で窓を叩いた。

「でも、大丈夫ですか？　レグナルド様、とても可愛いから連れ去られないか心配です」

『要所要所で姿を変えるに決まっているだろう。いいから、さっさと開けぬか』

「夕飯までには戻ってきてくださいね。暗くなると危ないですよ」

『私は猫ではない』

十分猫の姿でいることを楽しんでいるわりに、変なところで矜持《きょうじ》を保ちたがるのだから元妖精王はなかなか面倒くさい。リアンヌは「そうですね」と笑顔を貼り付けながら、大仰に頷いて見せた。

「気をつけてくださいね！」

窓を開けてやると、レグナルドはさっそく外へと飛び出して行く。黒くて小さな身体はあっという間に見えなくなった。

「さて、と。私は他の依頼を片付けましょう」

そろそろ一度村へ買い出しに行きたいと思っていたところだ。お金は少しでも多いほうが安心だろう。

「恋を叶える薬か。私、実は苦手なのよね」

要は惚れ薬だ。

筆跡からして依頼主は女性と見受けられるが、彼女はリアンヌの評判をよく知らないのだろう。リアンヌは病気を治す薬の評判は上々だが、惚れ薬だけはいまひとつなのだ。

知識として精製方法を知っていても、覿面《てきめん》に効《き》いたという話は聞かない。母親の作る惚れ薬の評判がよかっただけに、もしかしてそれを聞いて依頼してきたのかもしれない。

レグナルドに言わせれば、リアンヌの惚れ薬が効かないのは、リアンヌ自身が恋を知らないからなのだとか。

多かれ少なかれ、作り手の想いが薬には宿る。

(恋か)

しようと思ってできるものでもないし、薬の評判を上げるためにするのも違う気がする。

果たして恋は生きるのに必要なのだろうか。

シャンテレーレのように永劫の想いを抱くものだ。きっと苦しいものに違いない。そんなもの自分は望んでいない。

魅力を感じないものを理解しようとするのは、無理な話なのだ。

薬草を潰し、鍋で煎《せん》じているとラーシュレイフがいる部屋から呼び鈴が鳴った。

「どうされました？」

手を止め、部屋を覗くと、ラーシュレイフが嬉しそうな顔をした。

「少し暇を持て余してきたんだ。何か時間潰しになるようなことはないだろうか」

ここ一日、二日で眠っている時間と起きている時間の比率が変わってきた。食事量も増えたことで体力も戻ってきたのだろう。

「できれば身体を動かしたい。寝てばかりではなまってしまいそうなんだ。ベッドから降りてかまわないか？」

「部屋を出ないのであれば」

「感謝する」

ラーシュレイフはさっそくベッドから出てきた。

（わ……ぁ）

介抱をしているたびに思っていたが、ラーシュレイフはとても綺麗な体軀《たいく》をしている。

包帯を巻いただけの上半身は無駄な肉がなく、引き締まっていた。鍛え上げられた筋肉を白金色の長い髪が覆う姿は、美しい獣を連想させる。なんて長い脚なのか。

感嘆が零れるほど均整の取れた体軀に、リアンヌは釘付けになった。

するとラーシュレイフが含み笑いを零した。

「妖精殿に見惚れられるとは光栄だ」

そして、情緒が安定しているときの雰囲気は、少しだけリアンヌを落ち着かなくさせる。鷹揚《おうよう》とした口調や視線のやり方、仕草がまるで違う。同じ人なのに、別人と話しているみたいに感じるからだ。

「――っ、私は、別に。それくらい見慣れています」

茶目っ気たっぷりの眼差しを向けられ、慌てて目を逸《そ》らした。

ラーシュレイフのような人を美男子と呼ぶのだろう。微笑み一つすら綺麗で、ドキドキする。

「そうだった。あなたは怪我人をよく世話しているんだったな。男の身体くらい見慣れていてもおかしくない」

「誤解を生むような言い方はやめてください。私はそのような不埒《ふらち》な視線で男性を見たりしません」

「では、あなたが不埒な目で見るときとは、どんなときなんだ？」

軽口を言うわりに真剣な目だ。肩からさらりと白金色の髪が流れ落ちた。そんなわずかなことにも、視線を奪われる。

リアンヌの赤毛とは違う、月の光で染めたような癖のない髪はいつまでも見ていたくなるほど美しい。

身体を拭くときに触れたそれは錦糸のように柔らかく、さらさらと滑り落ちる様に羨望《せんぼう》の眼差しを向けずにはいられなかった。

(素敵ね)

半端なリアンヌより、彼のほうがよほど妖精らしい。

「なぜ、そのようなことを聞くのですか？」

「知りたいからだ。あなたのお眼鏡に適う男はいたのか？　それはどんな男なのか、どういう身分で、どうやってあなたの心に入り込んだのか。その者にあなたは名前を教えたのか。想像しただけで胸が焼け爛《ただ》れそうだ」

響きのある低音が、矢継ぎ早に問いかけてくる。青い瞳には情熱が滾《たぎ》っていた。

どれほど彼が妖精に魅了されているのか、手に取るように伝わってきた。

(必死さが可愛い、なんて思っちゃ駄目なのよ)

気を引き締め、なんてことない顔を作りながら、まっすぐラーシュレイフを見つめた。

「私の名誉のために申し上げるなら、彼らは等しく怪我人です。ラーシュレイフ、あなたも含めてですよ」

最後ににこりと笑えば、ラーシュレイフが面食らったように目を大きくさせた。それから、クッと喉を鳴らして笑い出す。

「たくましいな」

「そんなことより、起きているのなら服を着てください。目のやり場に困ります」

「着たいのはやまやまなのだが、俺の服と防具はどこにあるんだ？」

そう言われて、リアンヌは彼の装備品一式を外に干していたことを思い出した。

血がべったりとついた衣服は洗うことができたが、鉤爪で引き裂かれた鎖帷子《くさりかたびら》はどうしようもなかった。

「少しお待ちを。今持ってきます」

そう言い残し、家の外へ出た。

防具を集めていると、突然視界に影が落ちた。ひょいと後ろから伸びてきた手がそれらを取り上げる。

「部屋の外に出てはいけないと言ったはずです」

睨《ね》めつければ、ラーシュレイフが肩をすくめた。

「そうだが、あなた一人で持つには重すぎる」

「これくらい、大したことありません」

「それも、多くの冒険者たちにしてきたことだからか？　人間は妖精を嫌悪しているというのに、あなたは優しすぎる。禁を犯して森に入ってきた者など捨て置けばいいじゃないか。みな覚悟の上でしていることだ」

人間でありながら、同族を見限るような口調が意味することとはなんだろう。

「命は等しく尊いものです。人間だからと差別することはできません」

断言すれば、ラーシュレイフが眩しそうに目を細めた。

「尊いのはあなたのほうだ。これほど清らかな心を持つあなたに出会えた奇跡に、心から感謝する」

そう言って、ラーシュレイフは優雅に一礼した。

リアンヌが森の魔女であり、妖精であることを知っても、ラーシュレイフの態度は変わらない。むしろ、好意ばかりは増す一方だ。環境に順応するのは悪いことではないが、彼の場合いささか度が過ぎる。本当によく冒険者をやってこれたものだ。

(無防備すぎるのよ)

リアンヌの杞憂をよそに、ラーシュレイフは防具を抱えながら暢気に外の風景を眺めていた。

「穏やかで、本当にいい場所だ。ここは魔女の森のどの辺りになるんだ？」

日中でも日の当たらない鬱蒼《うっそう》とした森とは違い、リアンヌが住処を構えている場所はほどよく日の当たる場所だ。近くには湧き水でできた池があり、水のせせらぎが聞こえてくる。どこかの木にとまった小鳥はその美声を自慢するように囀《さえず》っていた。

樹海に比べて、この辺りは低木も多い。空が見えていることも開放的に感じる要素なのだろう。

風が優しくリアンヌたちを撫でていく。ふわりとラーシュレイフの髪がなびいた。

(本当に綺麗だわ)

陽光の煌めきを纏《まと》う姿は神々しさすらあった。

「あなたはどこまで歩いてきたのか、覚えていますか?」

「ラーシュだ。もう呼び方を忘れたか?」

くすりと笑みを零し、悪戯《いたずら》っぽくラーシュレイフが青い目で見つめてくる。

向けられた優しい笑みは親愛の情に満ちていて、リアンヌの心を落ち着かなくさせた。

「薄闇に浮かぶ発光苔《はっこうごけ》が覆いむす吊り橋を渡った辺りだ。魔女の森は入り込んだ者を惑わすように様相を次々と変えるんだな。腕を回しても届かないほどの巨木が乱立していたかと思えば、木の先頂が見えないほど細く高い木の群生に出会った。日の光が届かない陰鬱《いんうつ》さはなかなか不気味だった」

「人間が地形を覚えないようにするためです。この森は常に同じ姿をしているわけではないのですよ」

「すごいな、まるで生きているみたいだ」

ラーシュレイフの素直な感想は、まさに正解だった。この森はシャンテレーレが生み出したときから意志を持っている。森が認めた者以外、森に入れば迷うのも当然なのだ。

「――今思えば、俺が助けようとした獣は獣ではなかったのだろうな」

「一概にそうとは言えません。魔獣も迷い込んできますが、獣もいますよ。あなたが今朝食べた兎肉はこの森で獲ったものです」

「あなたが狩猟を？　驚いたな、妖精は殺生をしないと思っていた」

「私は完全な妖精ではありませんから」

そう言ってから、話しすぎたことに気がついた。

「と、言うのは？」

案の定、ラーシュレイフはこの話題に食いついてきてきた。

(レグナルド様がいなくてよかったわ)

この場にいたなら、すぐにでもラーシュレイフの記憶を抜き取っていたに違いない。

「あなたの服はこちらです。裂けた箇所は繕《つくろ》っておきましたが、森を出たら買い直したほうがいいでしょう」

話題を変えたくて、畳んでおいた衣服を手渡した。ラーシュレイフは何か言いたげな様子だったが、それ以上話を膨らませることを諦め、素直に受け取った。

「洗ってくれただけでなく、繕ってくれたんだな」

「さすがに破れたままのものを着せるわけにはいきませんから。あまり器用ではないのでじっくりとは見ないでください」

しげしげと繕った服を見るラーシュレイフに乞うと、「いや見事なものだよ」と嬉しそうに言った。

「ありがとう、大事に着させてもらうよ」

ラーシュレイフがさっそく腕を通すと見事な胸板や腹筋が隠れて、ようやくまともに彼を見ることができた。

「装備品は部屋に置いておいてください。帰りに必要となるものですから」

「もしかして、これらも手入れをしてくれたのか?」

レザーアーマーや肩当てにも血が付着していたので、それらは拭い、消臭効果もあるつや出しを塗った程度だ。

だが、中には自分の命を預けるものを他人には触れられたくないという者もいる。

「いけなかったでしょうか?」

「いや、ありがとう。助かるよ。至れり尽くせりとはこのことを言うのだろうな。ますます帰りたくなくなってきた」

「ご冗談を。ここは人間が暮らせる場所ではありませんよ」

軽口を受け流し、「部屋に戻りましょう」とラーシュレイフを促した。

両手が塞がっていては部屋の扉は開けられないだろう。先回りして療養部屋の扉を開けるも、一向にラーシュレイフが入る気配がない。振り返ると、彼は玄関の入り口に佇んだまま、物珍しそうに部屋を見渡していた。その視線が台所の鍋で止まった。

「あれは、何を煮ているんだ？」

「ラーシュレイフ」

「とても、いい香りがする」

止めるのも聞かず、ラーシュレイフは防具を床に置いて鍋に近づき、薄桃色の液体を興味深げに覗き込む。しげしげと見つめていたかと思えば「これも薬湯か？」と顔を上げた。

惚れ薬だと告げるのをためらい、リアンヌは「ええ、そのようなものです」と曖昧に返事をした。

「俺が飲んでいるものより、ずいぶんいい香りがする。次からはこれになるということか」

「いいえ、それは別の方のもので」

「この家には俺以外の怪我人がいるのか？」

わずかに彼の声音が鋭くなった。

「まさか」

「では、誰のための薬なんだ」

「あなたが知る必要はありませんよ。さぁ、部屋に戻ってください」

扉をさらに大きく開けて、中に入るよう催促した。

だが、ラーシュレイフは台所に陣取ったまま動こうとしない。

「教えてくれ。これは誰になんのために使う薬なんだ」

「誰と言われても」

依頼書には誰に使うかまでは書かれていなかった。

真顔になったラーシュレイフが、リアンヌの前に立った。見上げる長身が発する威圧感にたじろぐ。

一歩、後ずされば、同じ歩数分ラーシュレイフが詰めよってくる。

そうしてあっという間に壁際まで追いやられた。

壁に腕を突き、さらに距離を縮められた。

「妖精殿」

「な、なんですか？」

「惚れ薬は誰のためだ」

「――え？」

ラーシュレイフに鍋の中身を言い当てられたことに、リアンヌは心底驚いた。

「図星か。皮肉なものだな。以前、これとよく似た匂いのものを飲まされかけたことが役に立つとは」

リアンヌが答えに詰まると、ラーシュレイフは反対の手も壁に押し当て本格的に囲い込んだ。

（ひぃ……っ、近い！）

「あなたは誰の心を捕らえようとしているんだ？　森近くの村の男か？　それとも、どこその貴族なのか？」

射すくめる眼光の強さが恐ろしくて、直視できない。

視線を逸らせると「教えて」と掠れ声で囁かれた。

「……っ！」

耳に吹き込まれる美声に、官能が刺激される。

なんて凶悪な声だ。

人を歌声で惑わすセイレーンですら、この声には敵わないかもしれない。

「あなたの瞳が別の男に向けられているのだと思うだけで、腸《はらわた》が煮えくり返る。血が沸き立ち、頭の中が嫉妬《しっと》でおかしくなりそうだ」

「ご、誤解ですっ」

「惚れ薬を作っておきながら、誤解？　お願いだ、俺の理性を試そうとしないでくれ」

感情を堪えているせいか、ラーシュレイフは喉を苦しげに鳴らした。上下に動く喉仏を食い入るように見つめ、恐る恐る視線を彼へと向け直す。軽く首を傾げて見下ろす眼差しが孕《はら》む色香に心臓が高鳴った。

「妖精殿」

ラーシュレイフは本気だ。

「そ、そんなこと、していませんっ。だから、誤解なのです！」

ぎゅっと目を瞑りつつ、裏返った声を張り上げた。すると、ラーシュレイフは身体を離すと踵《きびす》を返し、鍋へと近づいたのだ。

「いっそ俺が飲んでしまえばいいのか」

ああ、駄目だ。まったくリアンヌの話を聞いていない。どこからその突飛な結論に至ったのかはわからないが、リアンヌは鍋を持つ手に飛びついた。

「い、いけませんっ！　惚れ薬などあなたには必要ないものですよっ」

「いや、必要だ。むしろ、あなたに溺れたい」

馬鹿なことを言う。

両手で摑んでやめさせようとしているのに、片手鍋の取っ手を持つ手はびくともしない。

(あぁ、もう!!)

「私が困るのです！　せっかく作った依頼品を台無しにしないでください!!」

「依頼品？」

白状すると、やっと腕の力が抜けた。

「……そうです。私は薬師をしているのです。これはその依頼で作ったもので、決して私が使うためのものではありません」

どうせ最後に抜き取る記憶だ。

「惚れ薬に腹下しの薬、そして解熱薬。今回はこの三件です」

しかし、ラーシュレイフはまだ完全には信じていないらしい。疑いの目を向けられたリアンヌは台所の脇に置いた依頼書を手に取って、ラーシュレイフに見せた。

筆跡も依頼書に使った用紙も大きさも違う三枚の紙すべてに目を通したのち、ラーシュレイフはようやく「――よかった」と安堵の声を零した。

「信じていただけましたか？」

「あなたの心が誰にも惑わされていなくて、心からほっとしている」

大げさな口調に、リアンヌは呆れた。

「仮に私が使うものだとしても、あなたにはなんの関係もないのですよ？」

「今はそうかもしれない」

「え？」

「けれど、明日のことは誰にもわからないものだ。俺はあなたに会えた奇跡を思い出にならどしたくない。あなたの側にいて、あなたの声を聞いているだけで、心の空虚さが埋まる。そして、あなたが他の誰かに目を向けていると考えただけで発狂しかけた。こんな気持ち、生まれてはじめてだ。なぜなのだろう？　あなたに感じるこの感情はどんな名を持っていると思う？」

わずかに戸惑いを見せるラーシュレイフの言葉は、自分への自問のようでもあった。熱っぽい眼差しに「それが恋なのでは？」と言ってやりたい。

だが、せっかく気づかないでいるものを自覚させる必要はない。恋はとても強い感情だ。それこそ、四百年の時を跨《また》いでもまだ続いている恋慕《れんぼ》があるほどに。

そんなものを自覚させてしまえば、記憶の根は必ず残ってしまう。そこから再びリアンヌとのことを思い出せば、彼はまた魔女の森に入ってきてしまう。

そのとき、彼が恋慕だけを抱いているとは限らない。記憶を抜き取られたことに怒りを覚えていたなら、それは敵意となってリアンヌへ向けられるだろう。誰であろうと、この羽根を奪わせるわけにはいかないのだ。

「あなただけだ」

だが、単純にリアンヌを口説いているだけなのかもしれない。

妖精に恋しているが、彼の目的は羽根を奪うことだということを忘れてはならない。

「……そのようなこと、私に尋ねられても困ります。どうせ、他の方にも同じようなことを囁かれているのでしょう？」

「どういうこと？」

「だから、それは――……」

言葉に詰まると「ひどいな」と萎れた声がリアンヌを詰った。思った以上に、彼の言葉が深く心に刺さった。

「だって、初対面も同然の私に言えるのですよ？　他の方に言っていると思うのも仕方ありません。あなたの言葉はどれも軽いのです。それに、……冒険者たちの中には、色仕掛けをする者もいましたもの。いちいち真に受けてなどいられませんわ。――さぁ、もう退いてください」

やや投げやりに言い捨てると、ラーシュレイフの纏う気配が一瞬で変わった。

「それは事実か？」

はじめて聞く冷酷さを孕む声音に、リアンヌはびくりと肩を震わせた。

「人間の恥さらしどもが」

そう唸ると、ラーシュレイフは入り口に置きっぱなしになっていた防具を拾う。その後ろ姿には、ありありと怒気《どき》が立ち上っていた。

「ラーシュレイフ？　どうかされたのですか？」

「その愚か者どもを成敗してくる」

「えっ？」

なぜ、彼は毎回思考が唐突で突飛《とっぴ》なのだろう。

「何言っているんですか。まだ森を出るのは無理ですよ」

「なに大したことはない。魔獣に比べれば、人間など赤子の手を捻《ひね》るようなものだ。夕刻までには戻る」

着々と装備を身につけていく手に迷いはなかった。だが、会話は噛《か》み合っていない。

この森は刻々と姿を変えていると言ったのを、彼はもう忘れてしまったのだろうか。

病み上がりの身体で森を抜けられるわけがないだろう。

「気は確かですか。この家を離れたら、二度と戻っては来られないのですよ。あなたも森の意志を感じたはずです」

慌てて、ラーシュレイフの腕を掴んだ。

「あなたに狼藉《ろうぜき》を働く者など生きている価値もない」

「彼らは何もしておりません」

何か起こる前に、レグナルドが記憶を消して森の外へ放り出してしまったからだ。

「口説いたのだろう？　それだけで万死に値する」

「それはあなたも同じではありませんか？」

「――」

リアンヌは何も間違ったことは言っていない。おかしいのはラーシュレイフのほうだ。

自分のことは棚に上げておきながら、他人を制裁するのは間違っている。彼も自分のちぐはぐな言い分に気がついたのだろう。ぎゅっと拳を握りしめ苦悶の表情を浮かべていた。

実直と言えば響きはいいが、一度決めたことにしか目を向けられない単細胞さで、今までどうやって生きてこられたのか不思議なほどだ。

リアンヌに色仕掛けを使った者を成敗しに行くとしても、ラーシュレイフは彼らの見た目も名前すらも知らないのだ。しかも、彼らにはその記憶もない。そんなお手上げ状態の中、何を頼りに探し当てるというのだろう。

どちらにしろ、ラーシュレイフをまだ森から出すわけにはいかなかった。

「……俺はおかしいのだろうか。あなたのことになると――」

「大丈夫。怪我のせいですよ。――それに、私も言いすぎました。だから、まだ出て行かないで」

自分でも、なぜこんなことを言っているかわからなかったが、こうでも言わなければ場が収まらないような気がした。最悪、記憶を抜くことも考えたが、身体の負担を思えばまだしたくない。それでなくとも、ラーシュレイフは一度、レグナルドによって記憶を抜き取られている。

「あなたは俺にいてほしいと言うのか？」

ラーシュレイフがじわじわと目を見開き、声を震わせた。

「……そうです」

食い入るように見つめてくる美貌を、リアンヌも真剣な眼差しで見つめた。

記憶を消す前に森を出ていかれては困る。

「俺はあなたに色仕掛けをしてきた屑たちと違うと思うか？」

こくこくと頷けば、ラーシュレイフは「そうか」と呟いた。険《けわ》しかった表情が徐々に緩んでいく。漲《みなぎ》らせていた殺気が削《そ》がれれば、いつもの彼に戻った。

満足そうに笑ったのち、腕を伸ばしてリアンヌを抱きしめた。

「俺もだ。あなたの側にいたい」

甘えるような仕草に、いよいよ懐かれてしまったと自覚するしかない。

（あぁ、レグナルド様になんと言い訳したらいいの？）

自分で蒔《ま》いた種とはいえ、烈火のごとく怒る姿を思い浮かべて、リアンヌは遠い目になった。

第四章　恋の練習

その日、リアンヌは薬を届けに森のはずれにまで来ていた。

厚手の外套とフードを目深に被り、大木に備えつけられている扉を開く。中は空洞になっており、なだらかな下り坂となっている。そこから木箱のある場所まで、地中に走る道を歩いていくのだ。これは祖母が人間に姿を見られずに薬師を営んでいくため作られたもので、当時のままだ。

暗い土の中も壁一面に生えた発光苔のおかげで、十分明るい。

手に下げた籠にはできた薬が二つとレグナルドが入っている。母親の熱冷ましを依頼した子どもには、先だってレグナルドが家へ届けてくれていた。

熱冷ましの依頼主は予想通りに年端もいかない少女だった。レグナルドが窓際へ置いた薬に気づくと、お礼代わりにどんぐりで作ったブレスレットを置いたという。

母親は野草に紛れた魔草を食べたせいで、中毒症状を起こしていた。レグナルドが鼠《ねずみ》になって、家の中を探ってくれたおかげだ。

昨日もレグナルドが様子を見に行ってくれたが、母親は顔色もよくなり、起き上がれるまで回復していたとか。

『嬉しそうだな』

「レグナルド様のおかげですよ。でも、どうして魔草が紛れていたのでしょう？」

母親が食べた魔草は魔女の森にのみ自生するものだ。かなり深い場所にしかないため、人間がおいそれと手に入れられるとは思えない。

『魔獣に付着していた種が飛んだのかもな』

「先日の襲撃ですか？」

『可能性はある。母親たちのいる村は、襲われた村の近くだ。風に飛ばされた種が畑に根を下ろしたのかもしれぬ。あれは成長も著しく、近くの植物に擬態するからな』

見た目が市場で売られる青菜と変わらないなら、誤って口にしてしまうだろう。

(今もどこかで結界が綻びていたら、前回の二の舞になってしまう)

そうなれば、今後リアンヌ一人ですべての人間を守るのは難しくなるだろう。

やはり、結界を完成させるしか術はないのかもしれない。

木箱の場所までたどり着くと、天井から吊るされている紐をゆっくりと引っ張った。すると、頭上から木箱の底が降りてくる。中には次の依頼書が二枚入っていた。代わりに薬を置いて、また紐を引っ張ると、木箱の底は上へと登っていく。

（これで、よし……と）

新たな依頼書の内容を確認して籠《かご》に収めると、来た道を戻って外に出た。

すると、入ったときとは違う風景になっていた。幹が細く長い木が茂る森は、霧が立ちこめている。

【リアンヌの意気地なし】

【リアンヌ、臆病者。卑怯者】

森の妖精たちが白い光を振りまきながら、リアンヌの周りをふわふわと飛ぶ。彼らはリアンヌのように人の姿にはなれない。低級で思考も単純だ。だからこそ、純粋で残酷でもある。

妖精たちにとってシャンテレーレは妖精王女でありながら、人間の味方となった裏切り者だ。その血を引くリアンヌもしかり。

「痛っ」

一匹の妖精がリアンヌの髪を一本引き抜いた。

どこからともなく、小さな木の実も飛んでくる。

【きゃははは っ】

【痛い？　可哀想、でも面白い。楽しい】

「もう、やめてっ。私の髪を返して」

【リアンヌの髪、何に使おう？　お人形がいいかな？】

【リアンヌ人形、沼に沈めようよ】

【沈めよう】

甲高い笑い声と残酷な声が詠唱の呪文のように森に響く。

聞いていると頭が痛くなる笑い声に、思わず耳を塞いだときだ。

『やかましい！』

籠の中にいたレグナルドがリアンヌの肩に登って、妖精たちを一喝した。膨れ上がった影が巨大な獣となり咆哮を上げると、妖精たちは悲鳴を上げて散り散りに逃げていく。

「……ありがとうございます」

『大事ないか』

影を収め、レグナルドが小さな舌でリアンヌの頬を舐めた。

『仕方のない奴らだ』

「いいえ。当然の報いです」

彼らを傷つけたのは、シャンテレーレなのだから。そして、彼女の魂を持つリアンヌに悪意を抱くのは仕方のないこと。

昔は妖精に虐《いじ》められる理由がわからず泣いてばかりいたが、シャンテレーレや母たちの記憶を受け継いで納得できた。

リアンヌは妖精たちが落としていった髪を拾い上げ、籠の中にしまった。

この髪一本でも、妖精たちの好きにさせるわけにはいかない。彼らの悪意は純粋な分、容赦がない。彼らが仕掛けるいたずらは、命を落とす危険をも孕んでいる。

レグナルドやグラテナの姿が見えるときは姿を見せないが、リアンヌが一人でいると今のように大勢で襲ってくるのだ。

レグナルドは何か思うところがあるのか、眉間に皺《しわ》を寄せている。

妖精たちのいたずらに気を揉んでいる一方で、よほどのことがない限り、彼らの行為を咎めたり止めたりしないのは、彼もまた心の片隅ではシャンテレーレの行いを許していないからなのだろう。

「帰りましょう。昨日作ったプリンがきっといい感じに冷えていますよ」

籠の中へ戻るように促すも、レグナルドは『ここでいい』と家に着くまでリアンヌの肩から降りることはなかった。

リアンヌたちが家に戻ると、さっそく呼び鈴が鳴った。

「どうかされました？」

ノックをしながらラーシュレイフに扉越しに声をかけると、「話がある」と言われる。

扉を開ければ、上半身をむき出しにしたラーシュレイフが長剣を持って立っていた。

「――ッ」

リアンヌが身体を強ばらせると、レグナルドもまた警戒に身体中の毛を逆立てた。それを見たラーシュレイフが慌てて長剣を身体の後ろへ隠した。

「違う、あなたに向けることはないから勘違いしないでくれ。……話とは、庭先に出て剣の鍛錬をしてもいいかという伺いだ」

リアンヌが外に出ている間は、部屋でできる鍛錬をしていたのだろう。うっすらと筋肉が汗で湿っていた。

状況を理解して、リアンヌはほっと肩から力を抜いた。

「それはかまいませんが。だいぶ体調もよさそうですね。傷口は痛みますか？」

問いかけると、ラーシュレイフが後ろを向いた。髪を片側に寄せ、背中に走る三本の傷痕を露わにする。

「動かすと引きつった感覚はあるが、おおむね順調だ」

傷口は完全に塞がって、今は肉が盛り上がっている。それにしても回復が早い。リアンヌが診た怪我人の中でも、ラーシュレイフは群を抜いていた。きっと生命力そのものが強いのだろう。でも、おそらくこの傷は完全には消えないだろう。

ならば記憶を抜くときに、ラーシュレイフが不審に思わないよう、背中に大きな傷がついた別の記憶を植えつけておく必要がありそうだ。

(それにしても、ひどいことをするのね)

妖精の純粋さが悪意になるよう、人間にも同族へ向ける敵愾心《てきがいしん》がある。

何百年経っても、負の感情はこの世から消えることはないのかもしれない。常に誰かを妬み、恨む気持ちは、どうすれば薄れるのか。

なぜ、人はみんなが幸せになる術を真剣に探さないのだろう。少しだけでも思いやる気持ちを繋げ合わせれば、この世界は見違えるほど住みやすくなるはずなのに。

森の中でラーシュレイフを襲った者が誰なのかも、依然正体を掴めていない。

回復期間を二十日と区切ったのは、その間に犯人が見つかると思ったからだ。

魔女の森は人間が何日も留まっていられる場所ではないことは、リアンヌ自身が誰よりもよく知っている。

もしかしたら、自力で森の外へ出たのだろうか。

人の気配があれば、森はもっとざわめいているはずだが、今はそれもない。

だとしたら、ラーシュレイフがこれ以上森で襲われることもないだろう。

「あまり無理はなさらないでくださいね」

傷口に手を翳し、気休め程度の魔力を送る。

『人間など甘やかすな』

とげのある口調に、リアンヌは苦笑いをした。

「また、レグナルド様ったら……。ごめんなさい、いつもこんな調子で」

「いや、気にしない」

ラーシュレイフが首を振ると、白金色の髪がさらさらと背中に零れてくる。癖のない長い髪は、信じられないほど艶めいていて柔らかかった。一度でいいからこの髪で存分に遊んでみたい。湿度で爆発するリアンヌの髪質とは根本的に違うのだろう。

「……素敵」

（羨ましいわ）

ほうっと息をつきながら恍惚の眼差しで見ていると、「妖精殿」と遠慮がちな声がした。

「もう前を向いていいだろうか」

「えっ？　えぇ、もちろんですよ」

気のせいか、身体を向けたラーシュレイフの耳先がわずかに赤くなっていた。なぜか彼は、視線を横に逸らせたままだ。

「ラーシュ？」

覗き込むように見上げれば、みるみる頬も赤くなった。

「な、なんでもないっ。では、行ってくる」

慌てて外に飛び出して行く様子には首を傾げるしかない。

「どうしたのかしら？」

『……無自覚とは恐ろしいものよ』

じとっとした視線を向けられ、リアンヌはますます怪訝な顔になった。

『本人がなんでもないと言っているのだ、気にすることはない』

「レグナルド様ったら、本当に人間には冷たいですよね」

『むしろ優しくする意味がわからぬ』

つんとそっぽを向いて、レグナルドが肩から飛び降りた。

「どちらへ？」

『散歩だ』

開いている小窓に近づくと、するりと外へと出て行った。

「あ～ぁ、行っちゃった」

姿が見えなくなると、リアンヌの表情から笑顔が消えた。

レグナルドのように、自分の正体を知られることなく歩き回れたら、どんなに楽しいだろう。

なんにでも姿を変えられるなら、絶対に鳥がいい。

風を捕らえて山よりも高く飛び、大海原へ出かけてみたい。

（シャンテレーレは飛べたのよね）

記憶には飛んでいたときのものもある。全身で風を受ける心地よさ、鳥と共に並んで空を飛ぶ解放感を思い出すとは心が躍《おど》る。自分の周りには妖精たちと、レグナルドも一緒になって飛んでいた。

リアンヌにはない自由が、そこにはあった。

（……いいな）

今現在に不満はないが、過去の記憶が幸福に包まれているほど、少しだけわびしさが募った。

『もう飛べないのだろう？』

リアンヌにとって羽根は自分が存在する意義そのものであるが、同時に自由を奪う足枷《あしかせ》でもある。人間より長く生き、妖精の力と四百年分の記憶を持っているのは、使命を果たすためだ。

外套を脱ぎ、片羽根をはためかす。薄桃色の光の粉を撒《ま》き散らしながら揺れはするが、やはり片羽根だけでは飛ぶことは叶わない。もはや、この羽根は空を飛ぶためのものではないということだ。

軽いはずの羽根が、時々ずしりと重く感じる。

（羽根を失ったら、私はどうなってしまうのかしら）

日に日に結界の綻びは増えていくというのに、いつ、あの人は来てくれるのだろう。

（早く会いに来て）

リアンヌは右肩を撫でながら、待ち人の来訪を切に願った。

「レグナルド様、おやつの時間ですよ」

庭にいるだろう黒猫に窓から顔を出して呼びかけるも、見えるのは白金色の髪をした美貌の青年だけ。長剣を振る姿は勇ましく、上半身の鍛え上げられた筋肉の動きと飛び散る汗の輝きは、見惚れるほど綺麗だ。

「ラーシュ、レグナルド様を見ませんでしたか？」

手を止め、頭を振って滴る汗を散らしながら「いいや」とラーシュレイフが言った。

「精が出ますね。湯浴みをされてはいかがですか？」

「ここには湯浴みの場所があるのか？」

驚いた表情に「そう言えば、言っていませんでしたね」と笑顔でごまかした。

「よければご案内しますよ」

「ぜひ頼む」

そう言うなり、ラーシュレイフは早々に剣を鞘《さや》に収めた。心なしかそわそわしている。

「こちらです。どうぞ、家の中へ」

手招きして、浴室の扉を指さした。

「あの扉の奥が浴室です。取っ手を回すと、上からお湯が出てきますし、お湯を浴槽に溜めることも可能です。どちらでもお好きなほうを使ってください。ただし、まだ体調は完全ではないので、長湯はしないようにお願いします」

そう言い置き、リアンヌは棚に重ねて積んであった大きめのタオルを手渡した。

「石けんはあちらにあります。黄緑色のほうが洗髪用で、薄桃色が身体用です」

一通り説明する間も、ラーシュレイフの目は期待に輝いていた。

「――風呂だ」

「ですね。お風呂、お好きなんですか？」

問いかけに、ラーシュレイフは声もなく頷いた。入りたくてうずうずしている姿は、妙に可愛らしい。

「では、ごゆっくり」

リアンヌはくすくす笑いながらラーシュレイフを浴室へ送り出したのち、レグナルドを捜しに外へ出る。

「レグナルド様、どこですか？」

納屋を覗けば、まどろんでいたグラテナが長い首をもたげた。その背中では黒猫がすやすやと寝息を立てている。

「あら……」

きっと、鱗のひやりとした感触が気持ちいいのだろう。確かに今日は少し蒸す。

(外套もいらないかも)

怪我人から羽根を隠す目的で羽織っていたけれど、ラーシュレイフにリアンヌの正体がばれているのなら、羽織る理由もないのだ。つい癖で着てしまっていたが、脱いでもいいだろう。

最初の頃は口うるさく「出て行かせろ」とレグナルドは喚いていたが、今はグラテナを受け入れている。リアンヌに危害を加えないとわかったからだろうか。

(起こさないほうがいいわね)

せっかく気持ちよく寝ているのだから、プリンは起きてからでもいいだろう。

そう思い、グラテナの気がすむまで撫でてあげてから、納屋を出た。

家に戻ってしばらくすると、シャツを羽織ったラーシュレイフが満足げな表情で浴室から出てきた。

「最高だっ、……た……」

「それはよかったです。しばらくは濡れタオルで拭くだけでしたものね。これからは、いつでもどうぞ。ここの湯は、地下にある湯の源泉から引いていますから湯治《とうじ》にもいいのですよ」

「——え？　あ、あぁ。久しぶりに湯を使えてさっぱりしたよ」

一般家庭ではたいてい薪《まき》で湯を沸かしている。それに比べれば、湯の源泉があるというのは贅沢《ぜいたく》なことだ。

ラーシュレイフの上機嫌な姿を見て、リアンヌはくすくす笑いながら用意していたハーブティーをカップに注いだ。

「よければ、こちらで休まれませんか？」

冷やしておいたプリンも取り出し、横に添えた。

「ラーシュ？」

「……いや、だが彼が——」

返事はあるものの、湯浴みを終えてからのラーシュレイフはずっと上の空だ。それもこれも、彼の視線がリアンヌの背中の羽根を追いかけているせいにほかならない。

(本当に妖精が好きなのね)

恋する少女のような眼差しと半開きになった口元は、見ているほうが恥ずかしくなってくる。これ見よがしに羽根を動かせば、ラーシュレイフはだらしなく頬を緩ませた。

笑いを堪えるのを我慢できたのは、そこまでだった。

思わず噴き出すと、ようやくラーシュレイフが正気に戻った顔になった。

「……笑ってくれるな」

「ご、ごめんなさい。つい」

格好良くありたいのに、今ひとつ決まらない。ラーシュレイフもその自覚があるからこそ、目尻を羞恥で赤くしているのだ。

「誓って言うが、普段の俺はこんなふうではないぞ」

「わかっています」

「本当か？」

拗ねた口調で必死に弁明する姿は少年にしか見えない。

「では、お茶にしましょう。今日はカミツレです」

それでも漏れる笑みで肩が震える。ラーシュレイフの恨めしそうな視線を無視しながら、カップにお茶を注いだ。「どうぞ」と促せば、彼は大人しく席に着いた。

「いい香りだな。心が落ち着く」

もちろん、今のあなたにはぴったりなお茶ですね。なんて火に油を注ぐようなことは言ってはいけない。好きな人の前では格好良くありたいと願う彼の自尊心を傷つけてしまうからだ。

好意とはなんと難儀なものなのだろう。

リアンヌも向かい側に座って、カップを啜った。ちらりとラーシュレイフを見遣る。

（綺麗な所作だわ。やはり貴族の出なのでしょうね）

冒険者は荒くれ者の多い職業だが、彼はスプーンを持つ仕草ひとつにしても優雅だ。礼儀作法は一朝一夕で身につくものではないからこそ、彼が高度な教育を受けていることを察した。

（なぜ冒険者をしているのかしら？）

貴族は世襲制だ。よほどのことがないかぎり長男が家を継ぎ、次男以降は身につけた教養を生かし、騎士や学者、医師になる者が多い。だからこそ、冒険者という危険と隣り合わせの職業に身を置いていることが珍しかった。

彼ならば、令嬢と結婚し婿養子になるという選択肢もあっただろうに。

ラーシュレイフはプリンを頬張ると、途端に端整な顔立ちを蕩けさせた。

こんな可愛い顔を見せられたら、たいがいの令嬢はイチコロになるに違いない。普段の自分はリアンヌが見ている姿とは違うと断言するくらいだ。実は見た目の印象通り硬派なのかもしれない。

「あなたの作る甘味は絶品だな。これほど美味《うま》いものは食べたことがない。どこでこの味を覚えたんだ？」

「母からです。レグナルド様がお好きなものなので。母の手伝いをするうちに覚えていったんです」

すると、ラーシュレイフが目を瞬かせた。

「猫がプリンを食べるのか？」

「レグナルド様はただの猫ではありませんもの」

答えると「確かにそうだな」と苦々しい顔つきになった。よほど、レグナルドにやり込められたことが悔《くや》しいらしい。

「母上はどちらに？　同居されているようには見えないが」

「ええ、私が十歳のときに亡くなりました。それからはレグナルド様だけが私の家族なのです」

母が死んだ日のことはよく覚えている。

ある朝、目が覚めたら心と背中が重たくなっていた。背中の羽根が大きくなったと知ったのは、虹色の光彩が視界に入ったからだ。それまで、リアンヌの片羽根は手のひらにも満たないほど小さなものだった。

母のベッドはもぬけの殻になっていて、枕元にフクロウ姿のレグナルドが佇んでいた。

『今、この瞬間よりお前が我が妹の意思を継ぐ者となった。リアンヌ、お前の望みの姿になろう』

レグナルドの言葉に、リアンヌは「黒猫がいい」と答えた。

リアンヌたちは代々、この方法で羽根と記憶を受け継いできた。先の妖精が死ぬと、記憶と羽根が次の妖精へと受け継がれていく。

そうやって、シャンテレーレの想いは続いてきたのだ。

「十歳から……。それは大変だったろう。寂しくはなかったか？」

「いいえ」

痛ましげな表情に、リアンヌは首を横に振った。

母が消えたのは、寿命が尽きたからだ。

ただ、「あぁいなくなってしまったんだな」と実感しただけ。

人間の母子みたいに愛情に包まれながら育ったわけではない。

自分たちはシャンテレーレの願いを叶えるためだけに存在している。その任を受け継いだ朝も、母が死んだことに微塵《みじん》も寂しさは感じなかった。

母からもらったのは、シャンテレーレの片羽根とこれまでの記憶。そして、森で生きる術だ。結界の綻びを修繕し、森に立ち入ってきた人間たちの記憶を抜く。薬師をしながら、発情期を待つ。

リアンヌがすべてをこなせるようになったとき、母の寿命は尽きた。いや、リアンヌが後継者として成長したからこそ、母は使命からの解放を願ったのかもしれない。

自分の意思で生きる道を選べない不自由さに、母は耐えられなかったのだろう。

母の記憶は寂しさばかりだったからだ。

ラーシュレイフが使っている部屋は、かつてリアンヌが使っていた場所だ。

「昔のことです。寂しさも薄れましたわ」

「そんなことはないだろう。まだ十年も経っていないのではないか？」

同情が滲んだ声に、リアンヌは首を傾げた。

「あなたは、私がいくつに見えているのですか？」

「十五歳くらいだが――、違うのか？」

(ずいぶんと若く見られていたのね)

ふふっと含み笑いをしながら、リアンヌはお茶を啜った。

「そういうあなたはおいくつなのですか？」

「二十七だ」

「私は、あなたの倍は生きておりますわね」

妖精の寿命は人間より遥かに長い。血が薄まるほど短命になっているが、それでもリアンヌは人間よりゆっくりとした時を生きている。

「ご、五十四年――」

聞かされた事実がよほど衝撃的だったのか、ラーシュレイフはスプーンを持ったまま愕然としていた。

いたずらが成功したときみたいな達成感に、頬が緩む。目を白黒させるラーシュレイフの驚きに満ちた表情にくすくす笑いながら、「驚きましたか？」と問いかけた。ラーシュレイフはしばらく唖然としていたが、ややして真面目な顔で咳払いを一つした。

「妖精殿。このようなことを言うと不快に思うかもしれないが、人は変わらぬものには敏感で、畏怖を覚えるものだ。ここには市場で仕入れてきた物も見受けられるが、いったいどのように買いに行っているのだろう。外套で容姿を隠したとしても、通い続ければいつか人はあなたに違和感を抱く」

ラーシュレイフの疑念はわからなくもない。

生きる長さが違うということは、老いる速度も違ってくる。だからこそ、リアンヌたちは、滅多に人前に出ないよう心がけてきた。しかし、グラテナに懐かれてからは、以前なら何日もかかった遠方の市場にも、一足飛びで行けるようになった。

「市場はこの国だけでもいたるところにありますわ。それに魔獣に乗れば、さほど遠くはありません」

「魔獣……」

「あなたをここまで連れてきてくれたのも、その子なのですよ」

聞かされた事実に、ラーシュレイフは声も出せないでいる。

魔獣が人間を助けることが信じられないでいるのが、ありありと伝わってきた。

「魔獣は決して悪ではないのですよ」

すぐには受け入れてもらえないだろうが、言葉に嘘はない。人間と魔獣は道を違《たが》えてしまっただけで、共存できない存在ではないはずなのだ。

本来、世界はもっと優しさに満ちていたのに、善と悪。その二極に分類しようとするからこそ世界は捻れてしまった。

「私たちは違う時間軸で生きていますが、幸いにも今は対話という手段でお互いを知ることができます。魔獣とてそうです。彼らにも言い分があり、想いがあります。受け入れろとは言えませんが、否定もしてほしくないのです。この世界には人間以外の生き物が存在し、彼らにも社会があるということだけはわかっていてください。目に見えるものだけが世界のすべてではありません」

そして、探してほしい。

人間と妖精が傷つけ合わずにすむ世界を――。

黄金色の水面には、少しだけ寂しげな自分の顔が映っていた。

「あなたが見ている世界とは？」

「……少し寂しい世界。ですね」

シャンテレーレから受け継がれている記憶には、まだ人間と妖精が仲睦まじく暮らす姿がある。妖精は人間の生活を潤すこともあれば、いたずらをして困らせたりもするが、お互いを尊重し慈しみ合っていた。

均衡を崩したのは、人間たちだ。

押し黙ると、ラーシュレイフが「妖精殿」と気遣わしげに呼びかけた。

「あなたは不思議な人だ。妖精でありながら人間を癒やし、この世界の未来を憂いている。なぜなんだ？」

「なぜと言われても」

リアンヌにとってはすべてが当然のことだからだ。

シャンテレーレの望みは、人間と妖精の和平。その願いのために自分は生かされている。この思考も、シャンテレーレの想いから端を発していると言っても過言ではない。

(森を出ればここでの記憶を失う人に、私は何を言っているのかしら)

つい話しすぎていることに気がつき、感傷的になっていた自分を律した。

「あなたには知る必要のないことですよ」

突き放すように告げると、ラーシュレイフの秀麗な美貌に悲しみの影が落ちる。

「……どうすれば、あなたの心を開かせることができるのだろう？」

ひとり言のように呟き、青い瞳がリアンヌを捕らえた。

「俺はもっとあなたのことが知りたい。許してもらえるのなら、この地に留まりたいと思っている」

「何を馬鹿なことを」

一蹴しかけたリアンヌに、ラーシュレイフが間髪を容れず言葉を重ねてきた。

「本気だ」

まっすぐリアンヌを見つめる眼差しは、冗談を言っている者がするものではない。

「あなたの側にいたい」

「なりません」

「無理は承知だ。その上で、乞うている。どうか頭の隅に置くだけでもしてくれないか？そして、できることなら前向きに検討してほしい」

口調こそ控えめだが、言っている内容はかなり強引だ。

「それに、人間だからこそできることもあると思う。さしあたって……そうだな。市場への買い出しはどうだろう？」

「どうと言われても……」

拒絶されても、まったく臆することのないふてぶてしさは、どこから来るのだろう。打たれ強いというか、図太いというのか。魔女と言われているリアンヌに対し、こんなにも押しの強い人間ははじめてだ。

（私の側にいたいですって？）

ラーシュレイフが求めているのは、妖精でありリアンヌではない。

彼からは、他にも人型になれる妖精が現れたら、簡単に目移りしてしまいそうな勢いを感じる。つまり、信用できないということだ。

そもそもリアンヌが街へ行くのは、人間の暮らしを見るのが目的のひとつだ。

「お断りします」

「俺なら大量に買い出しをしても、仲間の分だと言えば不審に思われない。力もあるから普段の倍は買えるし、目利きにも自信がある。あなたが望むものを必ず手に入れてこよう。市場には時々、とんでもない掘り出し物が出てくるからな」

「……え？」

リアンヌが誘い文句に興味引かれると、ラーシュレイフはここぞとばかりに自分を売り込んできた。

「たとえば、俺が以前行った市場には、宝石になった珊瑚《さんご》の置物があった。血色をしたそれは、海底深くまで潜っても一つ見つかるかどうかという代物だ。手のひらに乗る大きさでも馬二頭分の価値はあるそれが市場に出回っていること自体が珍しい。そんなものが売りに出されているなら、注目を集めると思うだろう？　だが、実際は誰も目にも留まっていなかった。なぜなら、それが高価であることを彼らは知らなかったからだ」

「それで、ラーシュはどうしたのです？」

「あいにくと俺には必要でないものだったのでね。買わなかったよ。でも、そういう逸品《いっぴん》が安価で買えるかもしれない」

ラーシュレイフの言葉は、思った以上にリアンヌの心を動かした。

森の中での暮らしに不自由はないが、街にはさまざまな物が売っている。使い道のなさそうな置物や、見かけ倒しのまじない具。一見なんの役にも立ちそうにないものだが、そういうものにかぎってやたらとキラキラしていたりするから困る。

人間に姿を覚えられたくないので、あまり大量の荷物を一度に買うことはできない。おのずと生活に不要なものは除外してしまわなければならないが、ラーシュレイフが行けば、それらも持ち帰ることができる。

この部屋を綺麗なものでいっぱいにできたらなら、どんなに素敵だろう。

だがラーシュレイフが、リアンヌとのことを森の外で吹聴しないとは限らない。

仮にリアンヌのことは口外しないと約束したとしても、彼の気が変わり、買い出しの途中で森の魔女が実在することを話してしまえば、大変なことになる。それこそ羽根を求めて大勢の人間たちが森に入ってくるだろう。

リアンヌは人間を傷つける真似はしたくない。

彼を信頼できないうちは、森から出すわけにはいかなかった。

「ありがたい申し出ですが、お気持ちだけ受け取っておきますね。早急に必要になるものもありませんし、備蓄には困っておりませんもの」

笑顔を絶やさず、だがそっけない口調のリアンヌに、彼は目に見えて落胆した。

たくましい体軀が肩を落としてしょげる姿が、リアンヌの心をくすぐる。どうしてこんなにも可愛く見えてしまうのだろう。

(どうにかしてあげたくなるじゃない)

そうだ、森の外に出すことはできないなら、森の中はどうだろう。

「……そんなに私のお手伝いがしたいのですか？」

問いかけると、ぱっと顔を上げた。期待のこもった眼差しについ苦笑が零れた。

「薬草を一緒に摘んでもらいたいのです。お願いできますか？」

首を傾げながら伺いを立てると、ラーシュレイフは青色の目を喜びの光で満たしながら、力強く頷いた。

「もちろんだとも！」

◇　◆　◇

「レグナルド様、もっとこっちに来てください。そんなところじゃ落ちちゃいますよ」

『──私は猫だから落ちない』

「でも、寒くないですか？　風邪を引いちゃいます」

『私は風邪など引かぬ』

レグナルドは寝床に入ってくるなり、『匂うぞ』と怖い声で詰る。

『あやつと何をしていた。お前から人間の匂いがプンプンする』

唸るレグナルドに、ラーシュレイフと森へ薬草を採りに行ったと伝えた途端これだ。

『浮かれているのは、そのせいか』

「浮かれてなどいません」

責める口調に、リアンヌのほうがレグナルドに夕飯も食べずにどこで何をしていたのかと尋ねたくなる。いつの間にか、納屋からいなくなっていたのは誰だ。

リアンヌは潜り込んだベッドの中から、足下の隅で拗ねて丸まっている背中を見た。

「レグナルド様に黙って出かけたのは謝ります。ごめんなさい」

身体を起こして頭を下げるも、レグナルドは無反応だ。

(もう……、気難しいんだから)

内心呆れていると、『お前は何もわかっていない』と諫められた。

『人間と関わるほど、記憶の根が伸びると言ったはずだ。なぜ、時間を共有する。傷が癒えたのなら、早々に森の外に出せばいいだろう』

「そうですけど。何かしたいと言ってくれたので」

正しくは違うが、嘘を言っているわけでもない。

すると、黒猫はふんと鼻を鳴らした。肩越しにじろりと大きな目が睨んでくる。

『言い訳だな』

心の奥底まで見透かしてくるような黄金色の双眸に射すくめられ、うっと顎を引いた。

『よもやあの男に心を許しているわけではないだろうな』

「そんなわけ――」

『ないと断言できるのだな』

念を押されて、一瞬言葉に詰まった。

そんな様子に、レグナルドが顔を上げた。

『まさか――、あやつの子種をもらうつもりなのか!? ならんぞ、あの男は駄目だ』

「な、なんてことを言うんですかっ！ 私はまだ子を持つつもりはありません！」

目を剝いて睨むと、レグナルドは苛立たしそうに尻尾でシーツを叩いた。

『発情期か』

「違います！」

レグナルドはのそりと立ち上がり、向かい合うように座り直した。

『昼間、森で何をしていた。薬草摘みだけで、なぜあやつの匂いが移る』

「……」

『そなたの魂はわが妹のものだ。この意味がわかっているのか。これまでの羽根の守り手とは違う。人間は姑息な生き物だ。心を許した途端、骨の髄《ずい》までしゃぶられるぞ』

「……シャンテレーレがそうだったのですか」

『今は、あれの話をしておらぬ』

「シャンテレーレは人間との共存を望んでいるからこそ、羽根を後生《こうせい》に託されたのです。ならば、私が人間と親交を持っても許してくださるはず。むしろ歓迎してくれるんじゃ」

『くだらぬ。その魂は、裏切られたことを忘れたのか』

唾棄《だき》するような口調には、いまだ人間への恨みを強く感じた。

シャンテレーレの記憶には、兄レグナルドとの優しい思い出がたくさん残っている。花畑では花冠を作り、シャンテレーレの頭に乗せてくれた。毎年シャンテレーレが生まれた日には、薄桃色の花びらを雪のように降らせてくれた。

誰よりもシャンテレーレを慈しみ、愛してくれた優しくて頼もしくて美しい人は、記憶の中でいつも笑ってくれていた。もし、かの人と出会わなければ、シャンテレーレはレグナルドの庇護のもと、ずっと心穏やかに暮らしていただろう。

だからこそ、彼女はレグナルドを裏切ってしまったことを、とても悔いていた。

悲しみの果てに魔獣と化したレグナルドを助けるためには、魂と肉体を切り離すしかなかったのだ。

こんなにも自分を大切に想ってくれる人がいたのに、どうしてシャンテレーレは人間を選んだのだろう。妖精を守る道だってあったはずだ。

それでも受け継がれた彼女の想いは、人間への慈愛と、ただ一人に向けられる愛に満ちていた。

(愛か……)

どんなものなのだろう。

身を焦《こ》がすような激情なんて、リアンヌには想像もできない。

リアンヌが生きてきた時間に、幾度心が震えた瞬間があっただろう。毎日似たような時を過ごすことに不満はないが、楽しさもさして感じていなかった。


昼間ラーシュレイフと出かけた薬草摘みは、思いのほか時間が早く過ぎた。

リアンヌが求める薬草は地面に自生するものばかりではない。薬によっては、高い木の枝になる木の実も使う。そういうときはレグナルドが代わりにもいでくれるか、グラテナが木を揺らして落としてくれる。あとは、妖精たちがリアンヌに投げつけたのを拾うかだ。

【人間だ。どうする?】

【綺麗な人間だよ。リアンヌの繁殖《はんしょく》相手?】

【リアンヌ、綺麗な人間の子ども産むの?】

森を歩くリアンヌたちを見ている妖精たちは、美丈夫なラーシュレイフに興味津々だ。

(ちょっとなんてこと言うのっ)

ラーシュレイフには聞こえていないからいいものを、知られたらどんな顔をすればいいいのか。そう思った矢先だ。

突然、ラーシュレイフが立ち止まった。きょろきょろと何かを探すように辺りを見渡している。

「今のはなんだ……？　直接、頭に声が響いてくる」

ラーシュレイフの周りには、綿毛のタンポポほどの光の球がいくつも飛び回っている。

先ほどの妖精だ。

「お前たちなのか？」

呼びかける声に、妖精たちは嬉々とした様子で動き回る。

（まさか、そんな――）

妖精の声を聞ける人間がまだいたなんて。

リアンヌは凝然と彼を見つめた。

人間が妖精の声を聞くことができなくなって久しい。

かつては聞こえていたが、長い時間の中で彼らはその術を忘れてしまったからだ。

「……俺が繁殖相手？　――え……」

「ラーシュレイフ！」

大声を出し、妖精たちとの会話を遮った。

瞠目する彼の腕を摑み、急いでその場を離れる。

「ま、待ってくれ。今のはいったい」

「それ以上、あの子たちの話に耳を傾けてはなりませんっ」

戸惑う声を無視して、ずんずんと先へと進む。少しでも妖精たちからラーシュレイフを引き離したかった。

「あれはなんなのだ。魔獣――ではないな。まさか、妖精……？　でも、あなたとは姿が違う」

彼が答えに行き着いたタイミングで、リアンヌは足を止めた。

ラーシュレイフへと向き直り、当惑する彼を見上げた。

「……なぜ、なのです？　どうして、あなたは妖精の声が聞けるのですか？　これまでにも同じ経験が？」

「あれも妖精なのか」

そう呟き、ラーシュレイフが首を横に振る。

「今回がはじめてだ。光る妖精を見たことも、彼らの声を聞いたこともない」

ならば、なぜ今回にかぎって声が届いたのだろう。

考えている間も、妖精たちはラーシュレイフの側を浮遊している。きっと、またろくでもないことを吹き込んでいるに違いない。

どうしてか、ラーシュレイフに自分の事情を知られたくなかった。

「お願い、彼らの声を聞かないでっ」

リアンヌは伸び上がり、ラーシュレイフの両耳を手で塞いだ。

おのずと密着する格好になり、彼の美貌がすぐ近くまで迫っていた。青い瞳が驚きに見開かれている。布越しでもラーシュレイフの力強い鼓動が伝わってきた。

「あ……」

咄嗟の行動とはいえ、なんて大胆なことをしてしまったのだろう。みるみる顔に熱がたまっていく。

耳を塞ぐリアンヌの手にラーシュレイフがそっと手を添える。青い目を慈しみでいっぱいにさせながら、囁くように問いかけた。

「あなたが駄目だというものを、俺は聞きたくない。どうすればいい？」

しっとりとした声音が鼓動を速くする。

治癒の力を使ってもいないのに、身体中の細胞がざわめいた。

(何、これ……。こんなの知らない)

「ね、念じればいいのです。彼らの声を頭から閉め出すイメージを思い浮かべてくださ い」

「わかった」

そう言うと、ラーシュレイフは目を閉じた。

（長い睫ね）

秀麗な美貌に目を奪われながら、リアンヌは彼の素直さに戸惑ってもいた。

（私が駄目だと言うからなんて……、そんなことがあるの）

口ではできていても、行動に移せる人はどれだけいるだろう。

彼がリアンヌに寄せる信頼は、どこから来るのだろう。

自分はただ怪我をしていたところを助けただけだ。

（私が妖精だから？）

特別なのはリアンヌではなく、彼が恋する妖精だ。

だから、素直になれるし、側にいたいとも願う。

（そんなにも好きなのね……）

リアンヌには、これが妖精の羽根を奪うための演技だとは思えなくなってきた。

本気でこの地に留まりたいと願っているのなら、目的を放棄したということだ。

ラーシュレイフは、恋のためにすべてを捧げようとしている。

それは、シャンテレーレを彷彿とさせる行動だった。

これが恋なのか。

目の当たりにした情愛に、胸がぎゅっと締めつけられる。痛みにも似た息苦しさに、リアンヌはわずかに眉を寄せた。

やがてラーシュレイフの目尻がじわりと赤くなっていった。

「……そんなに見られると、やり辛い」

片目だけを開けて照れたように笑う姿に、はっとする。不躾だったことに気づき、慌てて身体を離そうとすると、ラーシュレイフは握る手にぎゅっと力を入れた。

「ラーシュレイフ？」

「もう少し……、あなたのことだけを考えていたい」

「――っ」

あけすけな口説き文句に、心臓が跳ねた。

「何を言うのです……っ」

「本心だが？」

不思議そうな声音で告げると、ラーシュレイフは甘えるように頬を手にすり寄せてきた。

「あなたに触れられるなんて、夢のようだ」

「ラーシュレイフ！」

伝わってくる彼の鼓動も速くなっている。密着している部分が熱く感じるのは、どちらの体温が上がっているせいなのだろう。

「リアンヌ。それがあなたの名前なのか？」

閉じていた目をゆっくりと開くと、晴れた空を閉じ込めたような青い瞳が現れる。艶やかに煌めく双眸には、戸惑い顔のリアンヌが映っていた。

(空を飛んでいるみたいね)

片羽根では叶わぬことなのに、ラーシュレイフの目に見える自分は空の中にいる。

「――ええ、そうです」

妖精の声を聞ける以上、隠しておくことはできなくなった。

名を知れば、記憶の根は伸びてしまう。

「人間が繁殖相手とはどういうことなんだ」

リアンヌたちの周りには、色とりどりの光の球がラーシュレイフに話しかけようと飛び回っている。

【リアンヌは、人間と交尾するんだよ】

【人間の男を誑《たぶら》かすんだ】

騒ぎ立てる彼らの声にも、ラーシュレイフは動じるそぶりを見せない。

「……本当に聞こえなくなったのですか？」

いくらリアンヌが禁じたからとはいえ、彼の気持ち一つでいくらでも偽《いつわ》れる。

食い入るように見つめれば、「あなたの嫌がることはしたくないんだ」と言われた。

彼の言葉には嘘をついている含みは感じられない。

(――どうして？)

なぜ、ここまで真摯《しんし》になれるのだろう。

彼が誠実さを見せるほど、ラーシュレイフがどれほど妖精を慕っているかを思い知らされていく。それは、じわじわと質量を持ち、リアンヌの心を重たくさせていった。

「リアンヌ。と、呼んでもかまわないだろうか？　許されるのなら、あなたを名前で呼びたい」

耳を塞いでいたリアンヌの手を口元に持ってくると、彼は指先に口づけた。祈りを捧げるように、その手に額に押し当てられた。

ラーシュレイフと接していると、調子が狂う。

でも、不快感を抱いていない自分にも驚いていた。

(必死ね)

苦笑して、手を引き抜いた。

たったそれだけの仕草にも、寂しげな表情を見せるラーシュレイフに目を細める。彼からはいちいち離れたくないという想いが伝わってきた。

「かまいませんよ」

すると、ぱっと美貌が歓喜に華やいだ。

妖精たちはしつこくラーシュレイフに纏わりついている。

どうせリアンヌが黙っていたところで、彼が妖精の声を聞ける以上、どこかで知られてしまうことだ。ならば、彼らの純粋な悪意で満ちた言葉より、自分で告げたほうがいい。

「私には……使命があるのです。それを叶える日まで、子孫を残し、この森を守り続けなければなりません。けれど、いくら妖精でも一人では子はできませんでしょう？　だから、──人間の男から子種をもらうのです。妖精たちは、綺麗なものが大好きですから、その相手があなたか？　と言っているのです」

なんということはない、とリアンヌは笑って見せるも、ラーシュレイフの表情はみるみる険しくなった。

「どのようにして相手を選ぶんだ。一度きりの相手なのか？　それとも、あなたの愛を与えるのか!?」

「な、何を急に」

両肩を摑む手には、力がこもっていた。問いかける口調は言葉を紡ぐほどに荒々しくなっていく。

「ま、待ってください。落ち着いて。子孫を残すのは発情期が来たときだけです」

「それは、いつだ！」

「私にもわかりません。お願い、揺さぶるのはやめて！」

頭が揺れるほど揺さぶられる中、夢中で叫ぶ。はっと息を呑む音がして揺れは止まるも、頭はくらくらした。

「その……すまない。気が動転してしまった。大丈夫か？」

「いえ、おかまいなく」

そう言いつつも、足下はふらついた。咄嗟にラーシュレイフに抱き止められる。

顔を上げると、今にも泣き出してしまいそうな子どもみたいな表情があった。悲愴さを漂わせる姿に、固く閉ざさなければならない口も自然と綻んでしまう。

「どうして、そんなに気になるのです？　ただの交尾ですよ」

「交尾って……」

綺麗な顔立ちを唖然とさせながら、ラーシュレイフが絶句する。

交尾とは、子孫を残すために人間の男から子種をもらうこと。

リアンヌはそうレグナルドに教えられた。

四百年分の記憶には、母や祖母、シャンテレーレの思い出があるが、閨のことは誰も記憶に残していない。記憶は、自分が望むことだけ後生に伝えられるからだ。

だから、リアンヌはどのように子種を残すのかは、知識としてしか知らない。

レグナルドに尋ねてみても、「お前にはまだ早い」だとか「時期になれば本能で知る」と言って、明確な答えをはぐらかされてきた。

リアンヌ自身、恋に興味がないせいもあり、子種をもらう行為という認識しかないのだが、ラーシュレイフの反応を見ると少し見解に違いがあるようだ。

「人間は万年発情できると聞いています。本当なのですか？」

動物たちが発情する時期は決まっているが、人間はその理から外れている。その証拠に、いつ市場へ行っても、乳飲み子を抱えながら商いをする夫人が大勢いた。

「万年発情……、誰がそんなことをあなたに教えるんだ」

「レグナルド様です」

すると、ラーシュレイフが「あの化け猫が」と唸るように呟いた。

「まぁ、レグナルド様は化け猫などではありませんよ。聞こえていたら叱られますわ」

そう窘《たしな》めるも、自分は何かいけないことを言ったただろうか。

首を傾げれば、表情を取り繕ったラーシュレイフが「リアンヌ」と呼びかけてきた。

「人間は確かにいつでも発情する。だが、誰彼かまわずむやみやたらにするのは破廉恥《はれんち》なことだとも言われているんだ。相手はいつも心に決めた人であることが望ましい」

「つまり愛した人ということですか？　ですが、街には春を売る場所があるのでしょう？人間は欲望に弱い生き物だから、お金で快楽を買うと聞いていますよ？」

「それも、彼が言ったのか」

頷くと、今度は忌々《いまいま》しそうに舌打ちをした。

「違うのですか？」

「いや、違わない。確かに、そういう場所もある。だが、すべての人間がそうであるわけでもないんだ。たいていの者は愛する者と情を交わす」

なるほど。

リアンヌは一度も性的な興奮というものを感じたことがないので、彼らの逼迫《ひっぱく》した性事情はわからない。子作りも繁殖行為と同じだと思っていたくらいだ。

時期になれば人間の住む場所へ降りていき、子種をもらうに相応しい男から精をもらうつもりだった。

けれど、ラーシュレイフの話によればそう簡単な話ではないらしい。

「ちなみにリアンヌはどうやって相手を見つけるつもりだったんだ？」

若干、ラーシュレイフの声音が強ばっていた。

（どうやってと言われても）

リアンヌは指を顎に当てながら、う～んと唸る。

「適当に、ですかね」

次の瞬間、すごい勢いで美貌が目の前に迫ってきた。

「な、なんですか？」

「俺にしてくれ」

「はい？」

思いもよらない言葉に唖然となる。

唐突すぎて、ラーシュレイフが何を言ったのかもすぐには理解できなかった。

胡乱な顔をして秀麗な美貌を見た。

「何を言うのです。冗談も大概になさってください」

「それは俺の台詞だ。適当に選ぶなら俺でいいだろう。ぜひ、俺に栄《は》えある役目を与えてくれ。生涯かけて、あなたと生まれてくる子どもを守ると誓う」

「馬鹿なことを。――そのようなことは必要ありません」

繁殖相手になることのどこが栄えあることなのか、まったく理解できなかった。

（それに、あなたが求めているのは妖精である私なのでしょう？）

彼が必死になっているのは恋い焦がれた存在だからで、リアンヌに恋しているわけではない。

戯《ざ》れ事と一蹴《いっしゅう》し、ラーシュレイフの身体を押しやった。先を急いで歩き出すと腕を掴まれ、彼の腕に囚《とら》われてしまう。

「俺は本気だ」

「ラーシュレイフ」

睨《ね》めつければ、食い入るように見つめてくる真剣な目とぶつかった。

真剣な眼差しに見えた劣情の光にどきりとする。

「俺では駄目な理由を教えてくれ」

食い下がってくる彼の熱意にたじろぎつつ、リアンヌはわざと冷たくあしらった。

「そ、そのように真剣になることでもないでしょう？」

リアンヌ自身を見てもいない人が告げる「本気」とはいったいなんなのだろう。

リアンヌが大げさだと首を振れば、ラーシュレイフが大仰にため息をついた。

「あなたは好きでもない男に身体を貪《むさぼ》られて平気なのか？　この身体の奥に、名前も知らぬ男の欲望を咥えこみ精をまかれるんだぞ？　男がみな女を優しく扱うとは限らない。嗜《し》虐的《ぎゃくてき》な行為を好む者もいる。痛めつけ、泣き喚《わめ》く姿でなければ興奮しない輩《やから》もいるんだ。リアンヌにはそんな男たちを見分けることができるのか？」

矢継ぎ早に問い詰める勢いに押され、リアンヌは口を噤《つぐ》んだ。

だが、ラーシュレイフの言い分も一理ある。彼が言うように、自分には男の本性を見抜くことはできないだろう。大丈夫と胸を張れるほど、リアンヌは人間を知らないからだ。

ラーシュレイフの口ぶりは、繁殖行為を知っているふうにも聞こえた。いや、経験があるのだろう。

なぜか、そのことを思うと胸がむかむかしてきた。

「あ、あなたに心配されるいわれはありません」

撥ねつければ、空色の瞳が悲しみに揺れた。

ひどく自分が悪者になった気がして、いたたまれない。

（どうしてそんな顔をするの……？）

自分は間違っているのだろうか。

母たちは子種をもらう相手をどのような基準で選んだのだろう。

なぜそのときの記憶を残さなかったのか。

どんな男からだろうと、種さえもらえれば目的は果たせる。一度きりだからこそ記憶に残さなかったのか、それとも思い出したくないようなことをされたのか。もしくは、シャンテレーレのように人間に恋心を抱いたからこそ、誰にも人間との恋を知られたくなかったのかもしれない。

自分だけの思い出にしたかった。――そうなの？

使命から逃れられないと知りながらも、たった一度の恋をした。子種をもらえば二度と会えなくなるとわかっていて、なぜ心を寄せるのだろう。

（――わからない）

シャンテレーレの魂を持ちながらも、リアンヌは恋に対しあまりにも無関心だ。

「離してください」

すると、おずおずとだが抱きしめていた手が外れた。まるで叱られた犬みたいなしょぼくれ方をする。ほっと息をつき、リアンヌは口を開いた。

「子を成すのも、また使命なのです。あなたに守ってもらわずとも、私たちはずっと一人で生きてきました」

リアンヌの母も祖母も、そうやって記憶と使命を受け継いできた。

「魔女の森は人間を歓迎しません」

「だが今、俺は森にいる」

なぜ、こうもしつこく食い下がってくるのか。

「それは、私が許しているからですわ。けれど、傷が癒えれば、森を出ていってもらいます。いつまでも羽根を狙う者を側に置いておくわけにはいきませんもの」

「――っ。リアンヌ、俺は――……」

「魔女に魅入《みい》られていては、今回の攻略は失敗のようですね」

ラーシュレイフは何か言いかけるも、結局それ以上言葉を紡ぐことはなかった。

事実だからこそ返す言葉もないのだ。

人間は簡単に嘘をつく。自分をよく見せようとする嘘、保身のための嘘。

けれど、ラーシュレイフは今、喉までせり上がってきた嘘を呑み込んだ。

（こんな人もいるのね）

愚直な姿に苦笑いをしながら、「戻りましょうか」と声をかけた。

綺麗な人は、心も澄んでいるのかもしれない。

子を成すなら、ラーシュレイフみたいな人がいいと思った。

「……子を成してまで成しえなければならない使命とはなんだ？」

背中にかけられた問いかけに、リアンヌは改めて彼の妖精への執着心を感じずにはいられなかった。

だが、話題の種をまいたのはリアンヌだ。諦め、目を伏せる。

「……人を待っているのです」

「誰だ」

「――ヴァリダ王」

きっと、気が触れたと思うだろう。

約束を交わしてから四百年も経っているのだ。

リアンヌとて、叶う願いだとは思っていない。

けれど、シャンテレーレは羽根を渡す相手はヴァリダ王でなければならないと決めていた。その願いを叶えるため、子孫に羽根を受け継がせている。これは覆しようのないことなのだ。

瞠目するラーシュレイフの双眸には、諦めた顔をする自分が映っていた。

「羽根は妖精と人間の和平の証となるものでした。ですから、私は待っているのです。ヴァリダ王が約束を守り、会いに来てくれる日を」

「妖精は人間と手を取り合おうとしていたのか？」

初耳だと言わんばかりの震えた声に、リアンヌは過ぎ去った時間の長さを感じた。

人間たちに事実がどれほど歪められ、伝わっていることだろう。

「あなた方は何もかも忘れてしまっているのですね」

「そういうあなたはすべてを知っていると言わんばかりの口ぶりだ」

「ええ、知っています」

笑顔を浮かべると、ラーシュレイフがクッと痛々しそうに表情を歪めた。

「……ヴァリダ王は死んだ。待ち人は来ないぞ」

「でしょうね」

「それでも、あなたは使命に従うのか」

「そのために私は生を受けましたもの」

「違う。幸せになるためだ」

にべもなく断言されて面食らった。

「……幸せ？」

「そうだ」

虚を衝《つ》かれた顔をしていると、ラーシュレイフに右手を取られ、彼の両手で包まれた。

「どんな使命があったとしても、あなたは幸せになるために生まれた。それだけははき違えては駄目だ」

真摯な眼差しに、視線が外せなくなった。

そんなこと、誰も言ってくれなかった。

(私の幸せって、何?)

思いもよらない言葉に戸惑いが隠せない。

「は……離してください」

妙に胸がざわめく。リアンヌの半分しか生きていない人間から、自分の知らない言葉をもたらされ混乱していた。

母から受け継いだ家業をしながら、迷い込んだ人間たちを森の外に帰す。生まれる魔獣を追い払い、結界の綻びを修繕する。

それが、リアンヌの生きるすべてだ。幸せという概念など持ち合わせてはいない。

「リアンヌ、あなたにも望みや夢はあるだろう? 俺にはある。いや、あなたを見つけた。あなたの側にいることこそ、俺の幸せでありすべてだ」

知らないことを話すラーシュレイフが、急に怖くなった。

「……私の羽根を狙っているのに?」

「もういらない」

——嘘だ、と思った。

人間にとって羽根は喉から手が出るほど欲しいもの。目の前にあって、手を伸ばせば奪うことができるのを無下にするはずがない。

人は嘘をつく生き物だとレグナルドも言っていたではないか。

でも、ラーシュレイフは嘘をつく男ではないとも思ったばかりだ。

(どれを信じたらいいの？)

「――あなたはもう森の外に出たほうがいいようですね」

レグナルドの言うとおり、彼を森の外に帰そう。

日常を取り戻せば、抱《いだ》くこの不安もなくなるはず。

「今から家に戻って準備をしましょう？」

諭すように言い聞かせた。ラーシュレイフといると、平静を保っていられない。

早くいつもの平穏さの中に戻りたかった。

「リアンヌ」

「傷は家に着いたときに治します。あなたもご自身の生活に戻るべきです」

「リアンヌ、聞いて」

「いえ、聞きたくありません」

手を振りほどきたいのに、強く握り込まれて外れない。

「すまない……、困らせるつもりはなかったんだ。ただ……、あなたが俺ではない誰かのものになるのが我慢できないんだ」

「何度も言いますが、あなたには関係のないことです」

すげない言葉に、ラーシュレイフが表情を歪めた。

「リアンヌにとってはそうだろう。けれど、俺は違う。あなたと関わりを持ちたい。本当にこんな気持ちはじめてなんだ。あなたしか欲しくない」

もどかしげな声音が、ラーシュレイフの葛藤《かっとう》を伝えてきた。

「それは、私が妖精だからです」

この場で彼の思い込みを断たなければ、いっそう深みにはまり込んでしまうのは目に見えている。冷たいようだが、突き放すしかない。

「違う。そうではないっ。——そうじゃないんだ」

ラーシュレイフが首を振り、リアンヌの言葉を否定した。

ややして意を決したように、顔を上げた。

「俺は——マダナリスティア王国第一王子だ。名をヘルマン・ラーシュレイフ・オーベリンという」

「——え……」

明かされた素性に驚いた。

「今、なんと……」

問いかけた声が震えている。当然だ。何しろ彼はシャンテレーレが……いや、リアンヌが待ち望んでいた人の子孫だというのだから。

　彼の洗練された気品や仕草から貴族だろうとは思っていたが、まさか王族だったなんて。

「ヴァリダ王の子孫……」

「そうだ」

　食い入るように空色の瞳を見つめた。

　限界を迎えている結界、増える魔獣。そして、王の末裔の来訪。

　これはなんの因果だろう。

「長い間、俺は胸に開いた穴を埋める何かを探していた。大聖堂に収められている妖精の羽根、あれを見ているときだけ心が安らぎを覚え、同時にたまらない切なさを持った。

──俺にはあなたと出会う前から、どうしてかあの羽根の感触を知っているんだ」

　訝しげに目を細めると、ラーシュレイフが困った顔で苦笑いを浮かべた。

「何を言っていると思うだろうが、事実だ」

「……王族だという証拠はあるのですか？」

「俺の耳飾りがあっただろう？　銀色で竜の鱗を模しているものだ。あれこそ俺が王族である証だ」

　はじめて聞く事柄に、リアンヌは首を横に振った。

「いいえ。知りません」

倒れていたラーシュレイフは耳飾りを付けていなかった。もしかしたら、襲われた際に落としたのかもしれないが、リアンヌが見たかぎりそれらしい装飾品はなかった。

「そのように大事な物なら、なぜすぐにおっしゃってくださらなかったのですか?」

今になって、大事な証拠だと言われても困る。

「……すまない。それどころではなかった」

「それで、私に王族だと信じろと?」

「面目ない」

そう言って、ラーシュレイフは言葉を詰まらせた。

「俺は王命を受けて森に入った。魔女となった妖精の存在を確認し、その羽根を奪い結界を強固なものにするためだ。――こんな俺だが、あなたに選んではもらえないだろうか」

つまびらかにされた目的に、リアンヌは笑うしかなかった。

おそらく、彼はすべて白状する気だろう。その上で、自分を繁殖相手に選んでほしいと乞う。

いったい、なんのために?

リアンヌを選ぶことは、自国や人間たちを見捨てることだ。その覚悟が彼にはあると?

羽根を持ち帰れば、彼は英雄と呼ばれる。

リアンヌは人間については疎いが、大まかな情勢くらいは知っている。現在、マダナリスティア王国の次期王座には第二王子が就くと王家から正式な宣言が出ていた。

仮に第一王子であるラーシュレイフが羽根を持ち帰れば、王座を摑むことも夢ではなくなるだろう。羽根さえあれば国の頂点に立つことができるというのに、むざむざと名誉を捨てるというのか。

「――あり得ないわ」

声に出ていた感情に、ラーシュレイフは「信じてくれとはいわない！」と叫んだ。

「でも、俺を森の外に追い返そうとするのは考え直してくれ！」

「ラーシュレイフ。あなたね……」

「……そうだっ、俺を練習台にしてくれていい！」

今度は何を言い出すつもりなのだろう。

捨てられまいと必死な様子に、リアンヌは胡乱な顔を向けた。

「なんの練習ですか？」

それでも、この機を逃すまいとラーシュレイフが言い募る。

「人間に慣れる練習だ。子を成すことを交尾と呼ぶくらいだ。人間にいい印象を抱いていないのだろう。リアンヌはもっと人間を知って慣れるべきだと思う！」

「そのために街に下りています」

「そう……かもしれないが……っ」

「あなたは自分を選んでくれと言いながらも、私が違う人を選ぶことも視野に入れているのですか？　おかしな人ですね。……それに、あなたは羽根を奪うために森に入ったのですよ。そんな人と親密になれるとお思いですか？」

馬鹿にするなと諫めれば、わかりやすくラーシュレイフが消沈した。

「——そう……だな。何を言ってるんだろう……。自分でもどうかしていると思うよ」

ラーシュレイフは弱々しく笑い、視線を下げた。

無言でいると「だとしても、諦めたくないんだ」とくぐもった声が言った。

「あなたを誰にも渡したくない。でも、あなたの嫌がることもしたくないんだ。俺は……笑っているリアンヌを見ていたい。どうすればいい？　俺は何をしたらあなたに笑ってもらえるのだろう？　どうしたら側にいることを許されるんだ？」

あなたの気持ちなど知ったことではないと、見限ってしまいたい。事実、リアンヌには関係ない話なのだ。

（……私を求めていないくせに）

なのに、切なげな声で告げられた願望は、リアンヌの胸を打った。

どうして、彼のことが気になるのだろう。

妖精と見紛うほど美しいから？　妖精の声を聞けるから？

こんなにもあけすけに心を見せてくる人を、リアンヌは知らない。彼の魂は、他の誰とも違う。錆《さ》びた歯車みたいなぎこちない音がするのだ。

（……壊れてる、みたいな……）

リアンヌはじっとラーシュレイフを見る。

ラーシュレイフが森に入った魂胆はどうであれ、こんな綺麗な人から犬さながらに懐かれたら悪い気などするわけがない。彼に尻尾があったなら、きっと今はしゅんと脚の間に入ってしまっているだろう。

大好きなのに、近づけないもどかしさが伝わってくる。

（……あ～ぁ、私も甘いなぁ）

「――具体的には、どのようなことをするのですか？」

そうリアンヌが切り出せば、ラーシュレイフはみるみる表情を輝かせた。

「いいのか？」

「あ、あなたが言ったことですよ？　……本当にかまわないのですね」

「もちろんだ！」

あぁ、本当に犬みたいだ。

「まずは俺に慣れてほしい」

そう言うや否や、ラーシュレイフは繋いでいた手の指に指を絡ませた。

「な――っ」

指の間を優しく撫でられて、どきりと鼓動が跳ねた。

「怖がらないで。今はこれ以上のことはしない」

「これ以上のこともするのですか!?」

目を剝けば、「あなたが許してくれれば」とのたまう。ついさっきまで打ちひしがれていた殊勝《しゅしょう》さはどこへ行った。

何だろう。自分は今、とてもまずい約束をしてしまった気がする。

「ありがとう」

それでも繋いでいる手を持ち上げて、優雅な仕草で指先に口づけられるのは嫌ではなかった。


『何を考えている』

物思いに耽《ふけ》っていると、不意にレグナルドのつっけんどんな声がした。

金色の目がじろりとこちらを睨《にら》んでいる。

「な、なんでもありません。レグナルド様、お願いですからもっとこっちに来てください」

掛布を捲り、「お願い」と視線で訴えた。すると諦めたように、小さな身体が立ち上がった。懐に入ってきた柔らかくて温かな存在を抱きしめると『……ふん』とレグナルドが鼻を鳴らした。

『リアンヌ、くれぐれも注意を怠《おこた》るな。まだ人間が潜んでいるぞ』

「もしかして、今日はそれを探りに行ってくれていたのですか？」

『何人たりともシャンテレーレの森を荒らすことは私が許さん』

　魂だけとなっても、レグナルドは今もシャンテレーレを慈しんでいる。彼の慈愛が嬉しくて面映ゆくて、リアンヌは彼を抱きしめる手に力を込めずにはいられなかった。

◇◆◇

「……あの、近くないでしょうか？」

　リアンヌは午前中のうちに薬の依頼書を取りに行き、注文通りの薬を調合しているのだが、右隣からの熱視線がいたたまれない。

　リアンヌの隣に陣取ったラーシュレイフはテーブルに頬杖をつきながら、蕩けてしまいそうな眼差しで作業を見ている。正確には作業をするリアンヌを、だ。

「これも練習だと思ってくれていい。そう言っただろう？」

「言いましたけど……」

　人間に慣れる——それは、彼が側にいることに慣れるというものだとか。

頭では理解できても、身を以て体験するのとはまた別物だ。

なぜ、こんなにも密着する必要があるのだろう。

やりにくいことこの上ないし、気が散って仕方がない。

「あなたの嫌がるようなことはしていない。触れていないだろう？」

証拠だと言わんばかりに、ラーシュレイフが両手《もろて》を挙《あ》げて降伏の姿勢を取って見せる。

確かに触れてはいない。けれど、絡みつく視線は鬱陶《うっとう》しい。

横目で見やれば、ラーシュレイフは花が咲くように笑った。

「あなたの赤い髪はとても綺麗だ。クロヌチアーラで見た夕日を思い出す」

まったくもって浮かれた口調だ。

(そんなに側にいられることが嬉しいのかしら？)

療養部屋に閉じこもりきりだったことに比べれば、家の中を自由に歩き回れるようになって気分も上がっているのだろう。

ラーシュレイフの陽気な口ぶりに苦笑が零れた。

「冒険で行かれたのですか？」

リアンヌは薬草をすりこぎですりつぶしながら、クロヌチアーラの夕日を思い浮かべた。

水平線に太陽が沈んでいく最中だけに見ることができる、紅蓮《ぐれん》に染まった世界。海も空も、陽光に焼かれ真っ赤になる光景は圧巻のひと言に尽きる。

「リアンヌも見たことがあるのか？」

「そう……ですね。知っています」

この目で見たことはないが、受け継がれた記憶の中にはあった。

遠い昔の思い出は、シャンテレーレの記憶だ。

（でも、シャンテレーレは一人で見ていたわけではなかったのよね）

隣に誰かがいた気がするが、どうしても顔がわからない。

それは逆光の影で覆われていたからではなく、おそらくシャンテレーレが記憶に残さなかったせいだ。

（でも顔を知らなければ、羽根を渡すこともできないのに）

「いつ行ったのか、とは聞いてくれないのか？」

「……いつ行かれたのですか？」

「二年前、ギルドからの依頼で行ったんだ。村の近くに棲みついた火竜を追い払うよう言われてね。そのとき山の上から夕日を見たんだ」

「それは大変でしたね」

はしゃぐラーシュレイフとの会話は、まるで言葉遊びをしているみたいだ。

竜は古より、人間たちに崇められる存在だった。火、水、土、風とそれぞれの特性を持つ彼らは神の化身と言われている。リアンヌも何度か彼らを見たことはあるが、こちらが敵意を見せなければ基本襲ってくることはない。

だが、火竜が村の近くで巣を作ってしまうと、地熱が上がって農作物が枯れてしまうのだ。彼らは知能も高く、人間の言葉も理解できている。ただ、己の力に驕《おご》っている竜がほとんどで、頑固者で融通が利かないとレグナルドがぼやいていたのを思い出した。

説得するには力業しかないのだとか。

「火竜は巣を移動してくれましたか？」

「どうにかかな。卵を産む前でよかったよ」

「そうですね。彼らは長寿な分、卵を産むことが極端に少ない種族ですもの。希少な卵を奪いに来たと誤解されたら、それこそ火だるまにされていたでしょうね」

「恐ろしいことを言わないでくれ。丸焼けなんてごめんだ」

ラーシュレイフが心底嫌そうに顔を顰める様子に、リアンヌはくすくす笑いながら「ごめんなさい」と詫びた。

「それはそうと、今回は何を作っているんだ」

興味深そうにラーシュレイフがすり鉢の中を覗き込んだ。

「熱冷ましです。以前作ったものを、もう一度欲しいという要望があったので」

依頼主は、同じ少女からだった。母親は薬を飲んでいるときはベッドから起き上がれるが、薬が切れるとまた伏せってしまうのだという。

（可哀想だけれど、これも気休めにしかならないわ）

薬がなければ起き上がれないほど魔草の毒に冒されているのなら、回復はまず見込めない。リアンヌにできることは、母親が少しでも長く少女と暮らせるように薬を作ることだけだ。

「浮かない顔だな。心配事があるのか？」

「あ……いえ。これでよくなってくれればいいなと思っただけです」

今度は、痛み止めも少し混ぜておこうか。

少女からの手紙には母親が痛みを訴えているとは書かれていなかったが、娘に心配をかけさせたくないがために母親が黙っていることは十分考えられた。

「今日も、彼はいないんだな」

ラーシュレイフが部屋を見渡した。

「レグナルド様とは四六時中、一緒にいるわけではありませんよ。普段はお昼寝をしに行ったり、森を散歩したりすることのほうが多いのです」

「そうなのか？　俺の印象では常にあなたの肩にいたように思うが」

「それは、あなたを警戒していたからです」

実際は今もレグナルドの警戒心は緩んでいない。おそらく彼を襲った人間を探しに行っているのだろう。

（マダナリスティア王国第一王子の命を狙う理由か……）

考えられるのは王位継承争いだが、そのことに関係しているのだろうか。

ラーシュレイフが王座に就くのを歓迎しない者が彼の死を望んだ。――そう考えるのが妥当ではないか。

（どうしてラーシュは王座に就けないのかしら？）

あのときは、彼の事情を聞くどころではなかった。

ラーシュレイフは国命で森に入ったと言った。だが、今の彼は「羽根はいらない」とも言っている。羽根を奪うなど微塵も考えられないでいるような蕩けた表情をしていた。

（謎だらけね）

リアンヌは硝子戸のついた棚に並んだ瓶のうち、痛み止めに効《き》く赤い実が入ったものに手を伸ばす。が、欲しい瓶は背伸びをしてやっと届くかどうかという位置にあった。

踏み台を持ってくる面倒くささから、つま先立ちになってうんと手を伸ばす。

「これか？」

すると、立ち上がったラーシュレイフが背後から瓶を取った。

「ありがとうございま――……」

振り仰ぎ、その距離の近さに驚いた。

戸棚とラーシュレイフに阻まれる閉塞感と圧迫感。そして、彼が発する体温にどきりとする。見上げれば、妖精だと言われたら信じてしまいそうなほどの端整な顔立ちがある。白金色の長い髪がさらりと一房肩から滑り落ちていく様に目を奪われた。

見下ろす空色の瞳と目が合うと、彼は優しく頬を綻ばせ手に取った瓶をリアンヌへ差し出した。

「どうぞ」

「あ、ありがとうございます」

妙に胸の辺りがそわそわする。背後から感じる彼の気配に緊張していた。見た目以上にたくましく鍛え上げられた体軀は、リアンヌをすっぽりと覆ってしまっている。

ドキドキするのに、なぜか懐かしさをも覚えた。

遙か昔、自分はこの気配を知っていたような――。

ふいに脳裏にある映像が浮かび上がった。

『――……えた』

壁に追い詰めたリアンヌを二の腕で囲い、くつくつと楽しげに笑うその人に、リアンヌも拗ねたように口をとがらせながらも、彼に身を委《ゆだ》ねた。彼が動くたびに癖《くせ》のない白金色の長い髪がなびく。リアンヌはそれを見るのがとても好きだった。

――これは、誰の記憶なの？

捕まえた。

そう言った人は、ラーシュレイフと同じ髪をしていた。

食い入るように彼を見つめる。

ラーシュレイフもまた、リアンヌの瞳に何かを探すように熱視線を注いでいた。

（あれはラーシュレイフ？　――まさか、そんなわけないわ）

ラーシュレイフはまだ二十年と少ししか生きていないのだ。けれど、受け継がれた記憶にはラーシュレイフに似た人物と関わりを持っていたのは間違いないだろう。

妖精の声を聞くことができ、記憶に刻まれた者と似た容姿をしているマダナリスティア王国の第一王子。しかし、ラーシュレイフはまだ秘密を持っている気がする。

レグナルドやグラテナが彼を警戒しているのも、ラーシュレイフがただの人間ではないと思う理由だ。

礼を言って瓶を受け取るも、ラーシュレイフの手が離れない。

「あの……？」

戸惑いの眼差しを受けると、はっとラーシュレイフが我に返ったような顔をした。リアンヌを見て、なぜかやるせなさそうに目を伏せる。

「……ごめん」

離れていく手が、去り際にリアンヌの手の甲を撫でた。

「……っ」

そのくすぐったいような感覚に、思わず息を呑んだ。

彼の指がなぞっていた場所だけが熱い。じわじわと頬も火照《ほて》ってきた。

「他に取るものはあるか？」

「いいえっ、大丈夫……です」

どうして自分は今、こんなにも緊張しているのだろう。

（私は、どこかおかしくなってしまったの？）

それとも、ラーシュレイフだからおかしくなるのだろうか。

硝子戸に映る自分たちの体格差に、今さらながらラーシュレイフが大人の男性であることを思い知った。

「そうか。必要なものがあれば、いつでも呼んでくれ」

艶のある声が耳元で囁いてくる。こめかみの辺りに口づけをひとつ落とすと、ラーシュレイフは何食わぬ顔でテーブルへ戻っていった。

（あなたは誰なの……？）

心をざわめかせないでほしい。私に何かを抱かせようとしないで。

何もいらない。今を変えたくない。

（だって、願ってしまったら――……）

いつか、母のように消されてしまう。

「リアンヌ？　どうかしたのか？」

かかる声にリアンヌは、「いいえ」とすぐに笑顔を貼りつけた。

余計なことは考えないにかぎる。憶測と杞憂が不安を生むのだ。

(大丈夫。私は何も変わっていないわ)

リアンヌは気を取り直し、調合に勤しむ。

すると、また当然のようにラーシュレイフが隣の席に陣取った。

「面白そうだな。俺でもできるのか？」

「できますけど、あなたが作っても、私が作った薬と同じ効能が出るとは限りませんよ」

「なぜだ。同じ薬草を同じ配合で作れば、同じものができるだろう？」

「長年の経験と、薬に込める気持ちが大事なのです」

それともう一つ。リアンヌが羽根と共に受け継いだ治癒の力を込めることだ。魔女の薬がよく効くと言われるゆえんはそこにある。

「この間作っていた惚れ薬には、どんな気持ちを込めたんだ？」

「それは……秘密です」

「気になるな」

こてんと首を傾げて不敵に笑う様の、なんと魅惑的なことか。

ラーシュレイフは自分がどれほど魅力的なのか、もっと自覚するべきだと思う。

「きょ、今日は剣の鍛錬はしなくてよいのですか？」

「あなたが外出している間に終わらせた。あなたと少しでも一緒にいたいから」

下から覗き込むように、青い瞳がリアンヌを見つめてくる。甘い眼差しを向けられて、視線のやり場に困った。

『俺に慣れてほしい』

慣れたそのあとは？

ラーシュレイフの提案を受け入れたのは自分なのに、恐怖もあった。

心に生まれた不安が、現実になる気がして仕方がない。

「そういうことを軽々しくおっしゃらないで」

「なぜ？　好きな子に好意を伝えるのはとても大事なことだろう」

なのに、リアンヌの戸惑いも知らず、彼は真っ直ぐな気持ちで口説いてくる。

「そうかもしれませんが、……困ります」

見つめられすぎたせいか、先ほどからちっとも頬の火照りが引かない。

リアンヌの困惑に目を丸くさせたラーシュレイフが、嬉しそうに微笑んだ。

「いいね、もっと困って。それで、もっと俺を気にしてくれ」

「あ、あなたは、いつもこのように女性を口説くのですか？」

「まさか。リアンヌにだけだ。言っただろう？　俺は誰にも何にも興味を抱けなかったと。

あなたに出会って、自分の中にも欲があったのだとはじめて気がついた。いいものだな」

尻尾を振って懐いてこられること自体はいい。

問題なのは、ラーシュレイフが親愛以上の気持ちをリアンヌに向けていることだ。

「リアンヌ。あなたはとても可愛い」

「――ッ、お願いですから部屋に戻っていてくださいっ！」

なんのてらいもなく伝えてくる好意は、もうとっくに親愛の域を超えている。

これは愛情だ。

腰の辺りがむず痒くなるような直球のそれに、リアンヌはとうとう音を上げてしまった。

すると、ラーシュレイフが弾けるように笑った。

凜々しさが際立つ美貌が途端に少年のような無垢《むく》なものになる。

「あぁ、なんて可愛いんだろう。本当だよ、リアンヌ。あなたはとても可愛くて綺麗だ」

「もういいですから、少し黙っていてください……っ」

顔を真っ赤にして懇願したところで、ようやくラーシュレイフが席を立った。

「では、終わったら声をかけて。必ずだ」

一緒にいる約束などしたつもりもないのに、彼の口調は否とは言わせない力強さがあった。これが王族の威厳なのか。なんと恐ろしい……。

(可愛いなんて、言われたことない)

ラーシュレイフの蕩けるような表情を思い出し、顔がまた熱くなる。自分に向けられたものではないと知りながらも、瓶の縁には中に入った赤い木の実と同じ色をした自分の顔が見えた。

◇　◆　◇

（――可愛いかった……）

扉を閉めた途端、自制心が崩壊した。

ずるずるとその場に膝からくずおれて、羞恥《しゅうち》で顔を赤らめたリアンヌを思い出して身悶《みもだ》えた。ゴンと額が扉に当たる。

これが恋なのか。

はじめて知る感覚にラーシュレイフは戸惑いつつも、歓喜に満ち溢れていた。

無限に湧く泉のように、見ているだけでリアンヌへの愛おしさがこみ上げてくる。

何をしていても可愛くてたまらない。大きな瞳は淡い色合いが神秘的な灰色。染みひとつない白い肌に、クロヌチアアーラの夕日で染めたような赤い髪は実に鮮やかだ。

（あぁ……っ、夢のようだ――）

ラーシュレイフは身体を反転させ、扉に背中を預ける。手で顔を覆いながら、幸せな現実を噛みしめた。

ひと目、彼女を見た瞬間から心奪われていた。

目の前で揺れる虹色の羽根に、己で課した使命すら忘れた。

脆弱化した結界を妖精の羽根をもって補完することを忘れたわけではないが、魂の制御ができない。正直、結界など今はどうでもいいとすら思っている。

こんな自分だ。つくづく王位継承権を放棄したのは正解だったと痛感する。

ようやく心の空虚さを埋める存在に出会えたのだ。

リアンヌを見るほど、狂おしいほどの想いが胸を衝く。

抱きしめたい、口づけたい。笑わせたい。


――今度こそ、手放したりしない。


自分が自分ではないみたいだ。

『捕まえた』

思いがけなくリアンヌを腕の中に囲った、あの瞬間。

確かに自分は、この腕に華奢《きゃしゃ》な身体を抱き寄せた記憶があった。

だが、それはラーシュレイフの記憶ではない。

まるで、自分の中にもう一人の自分がいるようなこの感覚はなんだ。

それでもリアンヌを視界に入れたら、彼女以外のことは目に入らなくなってしまうのだから、これを恋と言わずになんと呼ぶのだろう。

「リアンヌ……、結界の羽根を持つ妖精……」

そして、彼女はヴァリダ王の訪れを待っている。

(四百年もか？　いや、彼女の年は確か俺の倍だと——)

リアンヌは正確な年齢を言ってはいない。ラーシュレイフがそう思い込んでいるだけで、実際にはそれ以上生きているのかもしれない。だとしても、リアンヌは驚くほど世間慣れしていない。男女の営みすらろくな知識を持っていなかった。

(どういうことだ)

まるで、誰の目にも触れぬよう森の深い場所に隠されている姫のように、森でひっそりと生きている。

使命のために生まれたのだと語る彼女の様子は、少しも幸せそうには見えなかった。

リアンヌの幸福を尋ねたとき見せた不思議そうな表情は、彼女が今生になんの希望も抱いていないことを感じさせた。

妖精だから人とは感じ方が違うのだろうか。

いや、そんなわけがない。心があるなら、感情だってある。

(でも、リアンヌの笑顔は偽物だ)

取り繕ったかのような作られた笑顔を見せられるたびにもどかしさがあった。

彼女が人と接するのは、彼らがリアンヌの羽根を奪いに来たときだけ。しかも、自分に危害を加えようとした者を介抱するときだけだ。

そんな輩は捨て置けばいい。

自業自得だと思ってしまうのは、すでに公平な目で状況を見られなくなっているからだろう。リアンヌを求めるあまり、彼女に肩入れしてしまうのはどうしようもない。

どうして人は妖精を嫌うくせに、その羽根に縋って生きているのだろう。

いつから人は彼らと共存する道を拒んだのか。

魔獣とはそもそも何なのだろうか。

人間に危害を及ぼす存在だから、駆逐《くちく》する。

当然のこととして捉えてきた現実が、リアンヌと知り合ったことで歪んで見えてきた。

彼女の言った「魔獣は悪ではない」の真意を知りたい。

自分はマダナリスティア王国の長い歴史を、どこまで正確に理解してきただろう。

妖精は魔獣を誑かし、人間を襲わせたという。

だが、リアンヌを知っていくほど、その史実が真実かどうか疑わしくなってきた。彼女は人間に危害を加えるどころか、治癒の力を注いでまでして助けているではないか。

人間の暮らしを守るには、妖精の羽根が必要だ。

そのためには、リアンヌを傷つけなければならない。

（――無理だ。俺にはできない）

二度と彼女を傷つけられない。

わざと怪我をして魔女の懐《ふところ》に潜《もぐ》り込んだはいいが、今や別の目的にすり替わっている。

羽根を持ち帰らなければリミトスが困ってしまうだろう。

久しぶりに弟の名を思い出したことで、少しだけ冷静になった。

（何か――方法はないのか）

リアンヌも人間も守れる術を知りたい。

「リアンヌ……」

いずれ、彼女が自分以外の男にその身を委ねるのを見るくらいなら、今すぐ嫉妬の業火で魂ごと焼いてほしい。

――オレノ……モノ。

魂の奥底から聞こえる声は、獣の唸り声によく似ている。

リアンヌを求める劣情が、彼女を奪えと囁きかけていた。

違う。それだけはしてはならない。

欲しいのは身体だけではなく、その清らかな心もだ。

(好きだ、気がおかしくなるほど……あの子が欲しい)

『それは、私が妖精だからです。物珍しさに目が眩んでいるだけですよ』

心ない言葉に心が傷ついているのに、そのすげなさすら愛おしいのだから、もう恋も末期だ。

自分はあのとき、うまく言葉を綴れなかった。違うという気持ちは明確なものとしてあっても、問いへの答えを見つけることができなかった。

妖精だから惹かれたことは否定しない。

夢中になったのは、長年焦がれ続けた羽根の持ち主だったという理由もある。

「でも、それだけじゃない」

こんなに可愛いと感じているのに、なぜうまく言葉にできないのだろう。

「リアンヌ……」

天を仰ぎ、ラーシュレイフは狂おしい劣情を吐息と共に吐き出した。

苦悩する姿を、窓の外から黒猫が覗き見ていた。

第五章　秘密

　このところ、以前にも増してレグナルドが外出するようになった。

　魔女の森に人間が紛れ込んでからというもの、彼は終日ピリピリしている。

　まだラーシュレイフを襲った者は見つからないのだろうか。それとも、レグナルドが記憶を抜いて森の外へ追いやってくれたのだろうか。

「グラテナは何か感じる？」

　納屋でグラテナの身体を布で拭いてやりながら尋ねるも、彼はきょとんとした目で見つめ返してくるだけだ。ややして、大きな顔を身体にすり寄せてきた。

「や……だ、まだ拭いている途中でしょ。じゃれつくのはあとにして」

　鱗で覆われた身体は見た目こそ硬質な感じがするが、触れるとひんやりしていて肌触りも滑らかだ。

干した草を敷き詰めた床に横たわったグラテナを、高い小窓から差し込む陽光が照らしている。黒い姿態は大きな黒曜石《こくようせき》みたいに美しい。

もうすっかりこの納屋を巣穴としているグラテナは、大きな欠伸をした。

「そっか、実は私も感じないの。でも、レグナルド様はずっと警戒している」

危機感を抱いてはいるものの不穏分子の存在を感じられないのは、リアンヌの力不足だからだろうか。

グラテナが閉じていた目を片方だけ開けた。

「あなたもラーシュのこと、嫌いなの？」

レグナルドがラーシュレイフを気に入らないでいるのは知っている。わかっていて、ラーシュレイフを家に留めているのはリアンヌだ。

怪我が完治するまでというのは、もはや口実になりつつある。

ラーシュレイフといると、グラテナやレグナルドといるときとは違う高揚感があった。彼の一挙一動が気になる。リアンヌを見つめる眼差しの甘さに胸がときめく。

薬草摘みも何度も一緒に行った。

リアンヌよりも大きな身体でするすると木に登り、高い枝についた木の実を揺さぶり落とす様は、猿よりも身軽で、楽しそうだった。

「ラーシュ！　そんなに揺らさないでっ。痛い……から！」

「だから、傘を持っておいでと言っただろう」

「そんなことをしたら、傘が汚れてしまうじゃない！」

人間の街に下りることが滅多にない中で、どうしても欲しくて買った大事な傘なのだ。そうそう汚すわけにはいかない。

「傘くらい、俺がいくらでも贈るよ。百本？　それとも千本？」

「そんなにもらったら、家が傘だらけになるでしょう。私はお気に入りの一本があれば、それでいいの！」

一緒に過ごす時間が増えていくと、呼び名も「あなた」ではなく「ラーシュ」「リアンヌ」が定着していった。砕けた口調で、言いたいことを言える関係も心地いい。

ようやく木の実の雨がやみ、ほっとしていると、木から下りてきたラーシュレイフが近づいて来た。

「ここにもついてる」

赤毛に紛れている一粒を、彼は丁寧な仕草で取ってくれた。

「これだけあれば、当分採りに来なくてすむだろう」

「ええ。でも、保存が大変だわ。日干しするための籠を作らなくちゃ」

「俺も手伝うよ。手先は器用なんだ」

「知っています」

前に、籠を修繕していたときに手伝ってもらったから知っている。冒険者を長くしていると自給自足が当たり前で、生活に必要なものはだいたい身近なもので作れるようになっていくのだとか。

身についた立ち居振る舞いに品はあるのに、彼からはあまり王子らしさを感じなかった。

「ラーシュはどうして第一王子なのに、次期国王は第二王子なの?」

いずれ森の外へ出る人だからと自分にかけていた自制が緩めば、好奇心だって顔を覗かせる。

見上げると、綺麗な目尻が優しく綻んだ。

「俺の母は側室で、弟が正妃の子だったからだ。マダナリスティア王国は必ずしも世襲制ではない。その時代にもっともふさわしい王族が王座に就いてきた。弟は俺の目から見ても優秀でできた男だ。根無し草になりたがっていた俺とは違い、弟は国民や国の行く末に真摯に向き合っている。どちらが王にふさわしいかはわかりきっていた。だから、早々に王位継承権を放棄して、いらぬ争いを避けたんだ」

遠い目をして過去を語る表情に、憂《うれ》いはなかった。

ラーシュレイフは王座に未練がないのだろう。

マダナリスティア王国の王位が世襲制でないことにも驚いたが、ラーシュレイフが根無し草になりたがっていたことに興味を引かれた。

「――というのは建前で、俺は王座を嫌悪していた。昔から、あの場所が嫌いで仕方なかったんだ。近づくだけで虫酸《むしず》が走る」

そう告げた表情はひどく険しかった。

「どうして？」

問いかけると、ラーシュレイフが顔に浮かべた嫌悪を鎮め、ほっと息をついた。

「わからない。どうしてなのだろう」

ごまかしているのではなく、本当にわからないでいる口調だ。

「あなたは意外と自分についてわからないことが多いのね。よくそんなふうで冒険者を続けてこられたものだわ」

「おかげで昔から生傷は絶えなかったよ。だが、冒険者は俺の天職だと思っている。国を出て世界を飛び回るのも、剣を振り、標的と戦うのも性に合っているらしい。堅苦しい王宮よりも、危険に身を置くほうがずっと生きている実感がある。俺が王族に生まれたことが間違いだった」

「まぁ、人が聞いたらなんて言うかしら」

呆れると、「確かに。贅沢な悩みだ」とラーシュレイフも笑った。

王家への生理的な嫌悪感が、彼を根無し草へと駆り立てたのだろう。ラーシュレイフ自身ですら理解できない何かが、彼の中にあるのだ。そして、それが妖精への強烈な憧憬にもつながっているのではないだろうか。

ラーシュレイフは妖精の羽根の感触を以前から知っていたと言った。

(――ラーシュも誰かの記憶を持っている?)

記憶は魂に刻まれている。リアンヌがシャンテレーレの魂を持って生まれたように、ラーシュレイフも過去に実在した人物の魂を持って生まれてきたのではないのか。

では、誰の記憶なのか。

羽根に触れることができた人物だ。

(――まさか)

だが、そう考えれば、不可解だった点のいくつかは合点がいく。特にレグナルドがラーシュレイフを敵視している理由は、この推測以上にピタリと当てはまるものはないだろう。

「でも、王族でなかったら、羽根を身近で感じる機会もなかっただろう」

そう言って、ラーシュレイフがリアンヌの背中をゆっくりと外套の上から撫でてきた。

普段は小さく折りたたまれている左羽根がある場所に、何度も手を往復させている。

「羽根が見たい」

いつから、自分はラーシュレイフが側にいることを受け入れてしまっていたのだろう。

彼がリアンヌの生活圏の中にいることに疑問を抱かなくなってしまっている。

体温が感じるほど身体を寄せ合っているのに、警戒心も不快感もなかった。

これが、ラーシュレイフに慣れる、ということなのだろうか。

「……駄目か？」

艶のある声が、囁くように耳元で言った。かかる息がくすぐったい。

駄目だ、と言うべきなのだ。

わかっていても、リアンヌは彼の願いを無下にすることがどうしてもできなかった。モスグリーンの外套の結び目に手をかけ、ゆっくりとそれを外す。

羽根を大きくすると、ラーシュレイフがため息をついた。

「美しいな」

感嘆の声に、ゆらゆらと羽根を羽ばたかせた。

飛べない羽根でも、揺れると薄桃色の粉が舞い散る。森の妖精たちが発光して見えるのは、この粉が舞っているからだ。

「触れても……？」

上擦った声に苦笑しながら、リアンヌは小さく頷いた。

「――ッ」

羽根の先端に指が触れた刹那《せつな》、細い糸みたいな刺激が背筋を走った。

咄嗟にラーシュレイフが手を引く。

「す、すまない。痛かったか？」

「いえ、違うの。少しびっくりしただけ……。誰かに羽根を触れられることなんてなかったから」

「嫌ではない？」

確認する声に小さく笑うと、ラーシュレイフが口元を綻ばせた。

指が羽根の縁を慎重になぞっていく。透けるような薄さだ。破れてしまえば二度と飛べなくなるから、妖精は他人に羽根を触れさせたりしない。

よほど相手を信頼していなければ、できない行為なのだ。

（私はラーシュを信頼しているの？）

妖精の羽根を奪うために森に入ってきたくせに、ラーシュレイフがリアンヌの羽根を奪うようなそぶりをしたことは一度もない。リアンヌの側にいられるのなら、羽根などいらないと言ったほどだ。

（——違うわね。彼が側にいたいのは妖精であり、私じゃない）

もし、彼を助けたのが妖精ではないただのリアンヌだったなら、ラーシュレイフはこれほどの執着を持っただろうか。

今もうっとりと恍惚《こうこつ》に頬を染め、羽根に見入っている。

「なんて……綺麗なんだ——。あぁ、これが妖精の羽根……っ」

「あ……、んっ」

羽根の付け根を指が掠めた瞬間、おかしな声が出た。

（わ、私ったら、なんて声をっ）

甘さを含んだ声に、頬はみるみる真っ赤になった。

「ここが気持ちいいのか？」

「や……、あっ。ラーシュ、だめっ」

同じ場所をなぞられるたびに、びくびくと背中が震える。咄嗟に両手を突っぱねて、ラーシュレイフを押しやった。だが、ラーシュレイフは腰に回した右腕一本でリアンヌの抵抗を易々と封じると、自分へと引き戻した。

「可愛い声。もっと聞きたい」

「何を言って……、あ……あんっ」

「は……ぁ」

吐息みたいな息をつき、ラーシュレイフが頬をすり寄せてきた。身体いっぱいに彼を感じたことで心臓が張り裂けそうなくらい高鳴っている。

「リアンヌ……、可愛い……のリアンヌ」

密着した部分から、やけどしそうなくらいの彼の熱と興奮が伝わってくる。筋肉量が違うからか、ラーシュレイフの側はいつもほのかに温かい。離れたいのに、羽根の付け根を執拗に弄られているせいで、身体に力が入らなかった。

「リアンヌ……」

熱っぽい声での囁きが、頬に当たった。

「リアンヌ、もっと触れていいって言って。この可愛い唇に口づけたい」

「……ふ……ぁ」

頬をなぞる唇が、口づけをせがんでくる。

同じ石鹸を使っているのに、ラーシュレイフからは自分とは違う爽やかで甘い香りがする。官能を揺さぶる淫らなそれと、背中から広がるむずがゆい快感にくらくらした。

(駄目って言わなくちゃ……)

ぎゅっとしがみつくと、両手で抱きしめられた。

「駄目？　それとも、いい？」

包み込まれる感覚は、遙か昔の記憶を蘇らせる。

(私、昔もこうして抱きしめられた……)

——でも、誰に？

影で顔が塗り潰されたその人は誰で、この記憶は誰のものなのだろう。

返事を促すように、顎に添えられた手に上向かされた。間近に見る秀麗な美貌には、濃い劣情が滲んでいる。ほのかに空色の目が潤んでいた。

(口づけたいんだ……)

リアンヌを求めている姿に、腹の奥がきゅんと切なさを訴えた。

こんな目をされて、駄目なんて言えない。視線が薄い唇に釘付けになる。

リアンヌは近づいてくる顔を避けなかった。


口づけの余韻を思い出して、リアンヌは指で唇を押した。

(あんな満たされた気持ちになったのは生まれてはじめて)

照れくさくて、でもくすぐったくて、甘酸っぱい気持ちはリアンヌの心を強くラーシュレイフへと引き寄せた。

この気持ちは、なんなのだろう。

誰の記憶にも残されていない感情は、少しだけリアンヌを不安にさせた。

でも、――もっと知りたい。また、ラーシュレイフと口づけがしたい。

そんなことを思う自分は、どうかしてしまったのだろうか。不埒な気持ちが生まれる理由がわからない。

そのときだ。

まどろんでいたグラテナが、長い首をもたげた。その顔は西の方角を向いている。

「――ッ、魔獣なの?」

グラテナの行動が意味するところを知り、はっとする。布を摑んだまま、外へ飛び出した。目を閉じ、西へと意識を集中させる。かすかだが魔力を感じた。

「グラテナ、来て！」

「リアンヌ？」

リアンヌがグラテナを呼び寄せるのと、剣の鍛錬をしていたラーシュレイフが駆け寄ってくるのが同時だった。ラーシュレイフは納屋から出て来た魔獣を見て、咄嗟に剣を構えた。

「説明はあとでするわ！　ラーシュはここで待っていて」

そう言うなり、リアンヌは妖精の姿になる。グラテナの背に飛び乗ると、側で見ていたラーシュレイフも後に続いた。

「な――ッ!?」

当然、グラテナは招かれざる者に激しく抵抗する。首をくねらせ、ラーシュレイフを振り落とそうと暴れた。

「グラテナッ、落ち着いて！　あなたもどうして乗ってくるの!?」

「俺も行く」

「でも、この子は――っ」

ラーシュレイフを背に乗せることをよしとしていない。そう言葉を続けようとしたときだった。

身体がひやりとすくむような低音に、長い首を捻り、歯を剝いて威嚇をしていたグラテナがビクリと身体を震わせた。唸り声を上げながらも、それ以上顔をラーシュレイフに近づけようとしない。

(脅威を感じている……?)

彼が発する圧倒的な威圧感に、リアンヌもまた鳥肌が立った。

こんなのはレグナルド以外、はじめてだ。

やがてグラテナは威嚇をやめ、首を前に向けた。大人しくなった身体をラーシュレイフが「いい子だ」と叩いて宥める。グラテナは魔獣の中でも上位の部類に入る。それをたったひと言で服従させてしまう人間などいるわけがない。

ラーシュレイフが見せた覇気は、只人《ただびと》のものではなかった。シャンテレーレの魂を持つリアンヌが気圧されるほどのものを、なぜ人間である彼が持っているのか。

火竜を説得したという話で気づくべきだったのかもしれない。

愕然としていると、「行こう」といつもの優しい口調で言われた。

「え、えぇ。グラテナ、お願いね」

グラテナはひと鳴きして、翼を羽ばたかせる。またたく間に森の上まで飛んだ。リアンヌたちがいる場所を除けば、森のほとんどは樹海だ。目を凝らしながら魔力の発信源を捜した。

「あそこよ！」

リアンヌが指をさすと、グラテナが急降下する。木々の間をすり抜けながら着地すると、猛然と走り出した。大地を蹴る音が青白い森に木霊する。ここには精霊たちの姿もない。

漂い出した瘴気に、リアンヌは後ろを振り返った。

「大丈夫だ。この程度ならしれている」

まるで、瘴気を気にしていない口ぶりに、ラーシュレイフへの疑いが濃くなっていく。

けれど、リアンヌの記憶に彼が魔力を持っていたかは残されていない。

獣の唸り声が聞こえてきた。結界の綻びから出てきたのだろう。狼ほどの大きさの魔獣が三匹、男を囲んでいる。男の腕には幼い少年までいた。

なぜ、森に子どもがいるのか。

焦燥にかき立てられる。

男は武装こそしているが、魔獣との攻防で劣勢に立たされ満身創痍だった。

男の武器である鋭い三本の鉤爪のうち、一本が折れていた。

（あの武器は、ラーシュを襲ったものなんじゃ……？）

だが、今はそれを考えている余裕はない。一刻も早く二人を助けなければ。

そう思った直後、男は抱えていた少年を魔獣の前に放り出した。

（なんてこと――ッ！）

「グラテナ！」

リアンヌの号令に、グラテナが大地を踏みしめる。刹那、業火が真っ直ぐ魔獣へと向かって走っていった。悲痛な声を上げて、魔獣たちは炎に包まれる。襲われていた男はリアンヌたちを見ると、みるみる瞠目し身体を強ばらせた。

「なぜ――ッ」

呻くような呟きを零した直後、男がリアンヌたちに襲いかかった。

「リアンヌ！」

後ろにいたラーシュレイフが飛び降り、持っていた剣で男が繰り出す刃を弾いた。その刃はリアンヌの髪を一房切った。

「お前は――っ!?」

ラーシュレイフは怒声を上げながら男に切りかかっていく。それに気を取られながらも、魔獣の肉体から魂が離れたところで、駆け寄ったリアンヌが三つの魂を抱え込んだ。

「大丈夫。私がもとの姿に戻してあげるわ」

治癒の光で包むと、魂は次第に白い光の球へと変化していく。

【リアンヌだ】

【リアンヌがいる！】

【リアンヌ――！】

彼らはくるくるとリアンヌの周りを飛び交ったのち、森の中へと消えていった。

（よかった）

あとは人間たちの記憶を消して、結界の綻びを探して修繕すればいい。大事に至らなかったことに、ほっと胸を撫で下ろした。

（そうだ。あの子は……？）

少年の姿を探して、辺りを見渡す。すると、グラテナが少年の襟元を咥えながら、右に左にと首を揺らしていた。そのぞんざいな扱いに、リアンヌはすくみ上がった。

「ひぃっ、離してちょうだいっ！」

リアンヌの悲鳴に、グラテナがぱっと口を開く。地面に尻餅をついた少年は恐怖から真っ青な顔をしていた。当然だ。いきなり巨大な魔獣に首根っこを摑まれ、玩具にされたのだ。恐ろしくないわけがない。

「大丈夫!?　あぁ、ごめんなさいね。怪我はない？　痛いところは!?」

慌てて駆け寄り、抱き上げる。髪が短かったため男の子と思っていたが、よく見れば女の子だった。まだ恐怖から戻って来られないのか、声をかけても反応がない。

だが、ゆるゆると少女が視線をリアンヌに向けた。一重の双眸がリアンヌを見つめる。

「おね……ちゃん、誰……」

焦点が定まらない目が、ややしてじわじわと見開いていった。

「森の魔女――」

そう呟くと、少女は勢いよく身体を起こして、必死の形相でリアンヌに縋りついてきた。

「お願い、魔女様でしょ!? お母さんを助けて。あのお薬が必要なのっ」

「え……、あのお薬って」

「魔女様が木箱のお薬作ってるんでしょ！ 村のみんなは内緒だって言ってたけど、私どうしてももっとお薬がほしいの！ でないと、お母さんが――……あぁぁ……ッ」

泣き始めた少女に、リアンヌはおろおろした。

「ちょ、ちょっと待って。あなたは熱冷ましの依頼をくれる子なの？」

問いかけると、少女は泣きながらこくんと頷いた。

薬の依頼は、木箱のみでしか受け付けていない。

少女も、魔女の森がどういう場所かわかっているはず。にもかかわらず、足を踏み入れたのは、母親の状態が芳しくないせいだ。

「あなた、一人で入ってきたの？」

問いかけに、少女がこくりと頷いた。

「森から魔獣の遠吠えが聞こえてきて……。そしたら、あの人が助けてくれたの」

「助けてくれた？ 森の中で？」

うん、と答える声に、リアンヌはますますあの男がラーシュレイフを襲った犯人だという確信を強めた。

男は、今日まで森に潜伏していた。それは、目的を完遂するための機会を窺っていたためだ。

では男の目的とはなんだ。

ラーシュレイフを襲うことだけではなかったのか。

あのとき、男はリアンヌに武器を向けた。

(私の羽根……？)

男もまた羽根を奪おうとしていたのだ。

そして、先ほど見た男の行動からして、魔獣と遭遇した際には少女を囮《おとり》に使い、自分だけは逃げおおせる魂胆《こんたん》だったに違いない。

(ひどいことをするわ)

人間が持つ狡猾さに、リアンヌは眉を顰めずにはいられなかった。

少女の母親を救いたい気持ちを、おそらく男は言葉巧みに言いくるめて利用したのだ。

「ここは人が踏み入れてはいけない場所よ。私がみんなのところまで送り届けてあげるから、戻りましょう？」

「お願い、魔女様！　薬をちょうだい」

「ええ、そうね。では対価を置いていって。そうすれば、作ってあげられるわ」

残酷なことを言っているのは承知しているが、一時の慈悲でリアンヌの身が危険に晒されることだけはあってはならない。

案の定、少女が悲愴な顔になった。

「……ないの。対価は払えない。……でも、絶対に私が払うから。お願いします！　お母さんを少しでも楽にしてあげたいの」

「ならば、私にできることはないわ」

「どう……して！　お母さんが苦しんでるんだよ！　助けてくれないのっ!?」

悲痛な声がリアンヌを糾弾する。

このまま記憶を抜いてしまったほうがいいだろう。

「ごめんね」

リアンヌは手のひらに薄桃色の光を生むと、それを少女の額に当てた。ややして、その光はぴんと細い葉を持つ草の形になる。

魔力を使って記憶を燃やす際、リアンヌにはその記憶が見える。

ベッドに臥《ふ》したままのやつれた女が見えた。

【お母さん、また熱が上がってきてる。お薬あるから飲んで】

少女がゆっくりと母親の口に薬を持っていく。そのあと、細長い吸い口がついた容器で水を飲ませていると、視線が母親から家の入り口に向けられ、父親らしき痩軀《そうく》な男が入ってきた。

【お父さん、お母さんが……】

男の顔色もまた悪い。全身から滲み出る疲労感は、今にも限界を超えてしまいそうなほど逼迫した状況を伝えてきた。抜いた記憶は消し炭となって風に流れていく。

一時的に意識を失った少女のくたりとなった身体を、リアンヌはそっとグラテナの背中に乗せた。

(私は何もしてはいけないの?)

このまま少女を追い返していいのだろうか。少女も父親も、母親自身も長くない命だと気づいている。危険を冒してまで森の魔女を探しにきた少女の勇気を称え、一度だけ薬を分けてあげたい。

「よく頑張ったわね」

眠る少女をひと撫でして、「もう大丈夫よ」と囁く。

(ラーシュのほうはどうなったのかしら?)

少女にかまいきりになって、彼らがどうなったのかまで気に止めていられなかった。

そこに、わずかな呻き声がした。

声のほうを向けば、膝を折るラーシュレイフの前に、男が倒れていた。

「ラーシュ！」

悲鳴じみた声にラーシュレイフの身体がびくりと揺れる。急いで駆け寄り、彼の横に跪いた。

「大丈夫!?」

肩を抱き、顔を覗き込んだ。

「……あ、あぁ。大丈夫……だ」

ラーシュレイフは苦しそうに喘ぎ、苦悶の表情を浮かべていたが、大きく息を吐き出して顔を上げたときには、それらはすべて消えていた。

「ラーシュ？　どうしたの」

「いや。なんでもない。打撃を受けたところが痛んだだけだ」

「本当に？」

「あぁ、大事ない」

平然とする様子は、普段どおりにも見える。――けれど、何か違和感があった。

ラーシュレイフであり、彼ではない感覚がする。

(何かしら？)

訝しみつつ、絶命した男に視線を向けた。

「この男は王家の隠密だ」

もたらされた事実に表情を強ばらせると、ラーシュレイフが微苦笑を浮かべた。

「どうやら、私を仕留めただけでは満足しなかったらしい。あなたの羽根を奪い、主の地位を盤石なものにしたかったのだろう。欲を掻いたばかりに自害するはめになるとは愚かだな」

憐れみも動揺も浮かんでいない表情は冷淡で、リアンヌの知らない顔をしている。

蒼穹みたいな青い瞳が、今はわずかにけぶって見えた。

なんて冷たい顔をするのだろう。

「本当に大丈夫なの？　なんだか様子が変よ」

呼びかけに、ラーシュレイフの秀麗な美貌が一瞬苦悶に歪む。彼は額に手を当て俯いた。

見守っていると、軽く頭を振ってから顔を上げた。

「ラーシュ？」

「……大丈夫だ」

ラーシュレイフは男の懐に手を入れ、何かを探している。取り出したのは、彼が以前話していた銀色の耳飾りだった。

「それ……」

「これを持って、早々に森を出ればよかったものを。俺の死を確実なものとして伝えれば無益な争いはなくなると思ったのだが、人の欲は恐ろしいな」

「どういうこと？」

今の口ぶりは、まるで襲われることを望んでいたようではなかったか。

リアンヌが目を眇めると、ラーシュレイフが視線を逸らせた。

「……わざとこの男に俺を襲わせた」

彼の告白に、リアンヌは瞠目した。

「森からの生還者の中には、防具に覚えのない傷ができている者もわずかだがいた。あなたが治せるのは肉体の傷だけだろう？　俺は、生還者たちの情報を集めていくことで、ある仮説を立てたんだ。彼らは森で負傷したが、何者かによってなかったことにされたのではと。そんなことができるのは、魔女と呼ばれる者しかいない。つまり、魔女の森には今も魔女が実在しているということだ。そう考えた私は、森の中でわざと襲われることにしたんだ」

ラーシュレイフの告白に、リアンヌは愕然となる。

「それじゃ、あなたはずっと命を狙われていたのを知っていたというの？　獣に気を取られていたというのは嘘だった……？」

「獣がいたのは本当だ。だが、当時は羽根を持ち帰ることが、俺の目的だった。そのために一番の近道の方法を選んだ。それだけだ」

もし、レグナルドが消えかけている命に気づかなければ、ラーシュレイフはあの場で死んでいたかもしれないというのに。

「なんて無謀なの」

啞然とすると、ラーシュレイフがやるせなさそうに口元だけで笑った。

「仮に俺が森で命を落としたとしても、それは国の安寧のためになる」

「馬鹿なことを言わないで」

「でも、事実だ。継承権を放棄しているのに、いまだ王宮内には俺を次の王に望む声があり、俺を疎ましく思う者たちがいるんだ」

彼は王子としてこの世に生を受けたが、国を愛せないと言っていた。

それでも、周囲はラーシュレイフに国と国民を未来へ導く役目を求めた。

望まぬ道を歩かされることは、辛く孤独だ。

冒険者となり危険に身を置いたのは、自分を消滅させたいという願望もあったのだろう。

彼もまた、しがらみからの解放を願っているのだ。

妖精の羽根に魅入られていたのも、羽根が彼にとって自由の象徴に思えたからだろうか。

リアンヌはラーシュレイフの心を思うとたまらなくて、背中から抱きしめた。

「大丈夫。……あなたは自由に生きていいの」

ラーシュレイフの生き方を認めることは、彼がリアンヌにとって脅威ではないと認めることだ。レグナルドはきっと全身の毛を膨らませて怒るだろう。

（でも、放っておけない）

誰かがラーシュレイフの生き方を肯定してあげなければ、彼の心は窒息してしまう。

ラーシュレイフは王位継承権を捨てることで、国を守ろうとしている。

それが、彼に持てる最大の愛国心だったのだろう。

羽根を奪えなくても、それは彼のせいではない。これまでにも数えきれない人間たちが森に入ってきては、目的を果たせずに追い出されてきた。ラーシュレイフもその一人になったことにすればいいだけだ。

「ラーシュは間違っていない」

リアンヌは想いが伝わるようにと、抱きしめる腕に力を込めた。

刹那、身を翻したラーシュレイフに真正面から抱きすくめられた。

「もっと……強く抱きしめてくれ」

身体の奥底から絞り出した声に応えるように、リアンヌは彼の気がすむまでそのたくましい身体を抱きしめ続けた。

◇　◆　◇

隠密が自害する間際、ラーシュレイフの中に何かが入ってきたのを感じた。あれからずっと、頭の中で二つの声がせめぎ合っている。

……お前の役目を……果たせ。……を奪え――。

――ヲ、手ニ入レロ……。

お前たちは誰だ。なぜ、俺の中に入ってきた。

二つの声が何を指しているのか。

肝心なことだけが聞き取れない。けれど、両者が指し示すものが別々のものであることはわかっていた。

それが、リアンヌに関わることだということもだ。

嫌だ。リアンヌを傷つけることはしたくない。

来るはずのない待ち人をこの森で待ち続けるだけでも過酷なことなのに、彼女にこれ以上何を強いろというのか。

(俺は……守りたいんだ)

『大丈夫。……あなたは自由に生きていいの』

誰にも肯定されなかった生き方を、リアンヌだけが認めてくれた。今の自分を間違っていないと言ってくれた。

王子としては欠陥品である自分ですら、リアンヌは癒やしてくれる。
救おうとしてくれたのだ。
孤独だった心を包んでくれた温もりは、信じられないほど優しく柔らかかった。
——愛している。
リアンヌが妖精だからではない。
彼女の存在そのものが愛おしい。
「手に入れたい」
リアンヌの心が欲しい。
家に戻ってきたラーシュレイフは、自室で一人苦悶していた。

——何を……？
リアンヌだ。彼女以外はいらない。
——あれは妖精だ。結界の道具だ。
違う。彼女は道具などではない。俺たちと同じだ。
——妖精と人間は違う。羽根は結界に必要だ。奪ってしまおう。
駄目だ。
——誰が奪う。人間の居場所に妖精はいらない。羽根を奪って消し去ってしまえ。

やめろ。消させない!!

『ならば、お前が手に入れろ』

頭に直接声が響いた。

直後、ラーシュレイフは意識を乗っ取られた。

第六章　衝動と劣情

あのあと、二人で男を土に埋めて弔った。

穴はグラテナに頼んで適当な大きさに掘ってもらった。

故人を偲ぶための花も、樹海にはない。盛り上がった土にラーシュレイフは、男が使っていた剣を墓標代わりに突き立てた。

そして眠る少女をグラテナの背に乗せたまま一度薬を取りに家へと戻り、薬と共に森の入り口に少女を置いた。比較的人が通りそうな場所を選んだのは、少しでも早く少女を見つけてもらうためだ。少女を運ぶ役はラーシュレイフが買って出てくれた。

いつもならうるさいくらいかまってくるラーシュレイフが、珍しく物静かだった。

何かを考え込んでいるのが伝わってくる。不安の理由を尋ねたいが、彼は自分の殻に閉じこもり、その隙を与えてくれない。

ラーシュレイフは家に戻ると、まっすぐ自分の部屋に入ったきり、夕食も取らず籠もったままだ。

『放っておけ。ようやく自分の立場を理解したというだけだ』

ベッドの上で顔を洗いながら、レグナルドが暢気な声を出した。

今夜も夜が更けた頃に戻ってきたレグナルドに今日あったことを伝えたのだが、なんともすげない言葉が返ってきた。

「それって、どういうことですか？」

『リアンヌはあれといて何も感じないのか？』

「な、——なんのことですか？」

どきりと鼓動が跳ねる。

心当たりがありすぎて、どれのことを言われているのかわからない。

ラーシュレイフに口づけたいと思ったことなのか。

それとも、彼を敵ではないと認めたことなのか。もしくは、ラーシュレイフがかの人の記憶を持っているという可能性のことか。

リアンヌはできるだけ平静を装いながら問い返すと、レグナルドがじろりと金色の目で睨めつけてきた。

『あれの目的はシャンテレーレの羽根を奪うことだ』

まだリアンヌの邪な気持ちには気づかれていないことに内心ほっとしながら、神妙な面持ちで口を開いた。

「……レグナルド様。そのことなのですが」

『なぜ森の外に出さぬ。傷はとうに癒えているだろう。記憶を抜き、危険を遠ざけるのも羽根を受け継ぐお前の役目のはずだ』

「聞いてください。――彼は、ラーシュレイフは違うのです」

リアンヌが食ってかかると、レグナルドは『たわけが』と一喝《いっかつ》した。

『違うという根拠はなんだ。羽根は奪わないとでも言ったのか？　よもや本気にしたわけではあるまい』

「それは……」

口ごもるリアンヌを、レグナルドが鼻先で笑う。

『おめでたいことだ。そろそろ発情期でも来るのか？　お前も薄々気づいているのだろう。あれは我が妹から羽根を奪い取り、このような僻地へ追い込んだ者の末裔だ。妹を人間からも妖精からも虐《しいた》げられるよう仕向けた張本人だぞ』

レグナルドの辛辣《しんらつ》な侮蔑《ぶべつ》は、容赦なくリアンヌの心を傷つけた。

「……でも、それは彼の祖先の話であって、彼自身のことではありませんっ」

確かにラーシュレイフは王家の人間だ。

そして、かの人の記憶を持っているかもしれない人でもある。

でも、彼自身は誠実な人であることをリアンヌは知ってしまった。王位継承権を捨ててまで国の安寧を守ろうとする優しい人が、リアンヌを傷つけるわけがない。

だが、レグナルドのひと言がリアンヌの抱いていた疑念を確信に変えた。

『いや、奴だ』

「――え……？」

『あれの魂は、ヴァリダ王のものだ。あやつはヴァリダ王の生まれ変わり。お前たちが惹かれるのは、魂が呼び合っているせいに他ならない』

つまびらかにされた事実に、リアンヌは愕然となった。

この地上でヴァリダ王の魂を知っているのは、レグナルド以外いない。その彼が言うのなら、間違いないことなのだ。

――やはり、そうだったのか。

（ラーシュレイフの魂はヴァリダ王のもの……）

『あれはリアンヌのことなど見ておらぬ。昔の記憶に翻弄される愚かな男だ。一度でもお前の名を呼び、愛を囁いたか？』

「――ッ」

くだらない、と吐き捨て欠伸をするレグナルドに、リアンヌは何も言い返せなかった。

事実そのとおりだったからだ。

ラーシュレイフは熱烈な好意を示してくれるが、愛の告白をすることはなかった。彼の青い目が熱っぽく潤むときは、いつも羽根を見ているときだ。

それを目にするたびに、ラーシュレイフが誰を想っているかを痛感してきた。

ラーシュレイフの心に棲《す》んでいるのは妖精だけなのだと。

そのことが、いちいち気になって仕方がなかったのは――。

(私が……ラーシュのことを……好き、だから……?)

レグナルドの射貫くような鋭い視線が痛い。

けれど、これでなぜラーシュレイフが妖精に強い執着心を抱いているのかは理解できた。

昔、ヴァリダ王が愛した人が妖精だったからだ。魂に刻まれた想いが、シャンテレーレの魂を持つリアンヌという存在に出会ったことで、強烈な渇望を覚えたに違いない。

妖精王女だったシャンテレーレと、のちにマダナリスティア王国の建国王となるヴァリダは人間と妖精の和平を望んでいた。ヴァリダ王の夢にシャンテレーレが賛同し、二人は恋に落ちたが、その夢は果たされることはなかった。

『私たちの和平の証として、羽根をあなたに預けましょう。これが人間たちの暮らしを守ってくれますわ』

シャンテレーレとヴァリダ王の婚姻を以《もっ》て、両羽根が揃うはずだった。

しかし、片羽根で作られた結界は人間国にはびこっていた魔獣を一掃し、人々に平穏をもたらした。

人間たちは歓喜する一方、妖精の持つ力の強さに魅入《みい》られてしまった。

両羽根が揃った暁《あかつき》には、どれほどの力を手に入れることができるのか。

そう考えるようになった一部の人間たちにより、シャンテレーレは迫害され、結界の縁まで追い込まれてしまう。

結界の側にあるこの森は、シャンテレーレが作った最後の抵抗であり、希望の地でもあった。

いつの日か、ヴァリダ王が会いに来てくれると、シャンテレーレは最期まで信じていたのだ。

『約束を果たして』

森が閉じる間際、シャンテレーレがヴァリダ王に告げた言葉は、そのままリアンヌたち子孫を縛る足枷となった。

(でも、ラーシュはもう羽根はいらないと言っていたもの)

リアンヌが嫌がることはしたくないと言ってくれた。リアンヌの思う幸せの形を聞いてくれた。人でありながらもリアンヌに親切にしてくれた。

シャンテレーレがヴァリダ王を特別に想っていたように、リアンヌもまた最初からラーシュレイフに特別なものを感じていた。

ラーシュレイフは妖精の声を聞くことができ、瘴気にも耐えることができる。そして、グラテナを従えるほどの覇気を持っていた。だが、それは彼の中にヴァリダ王の魂があってこそ成せることだったのではないだろうか。

『お前に、あの日の口惜しさを忘れたとは言わせん！　裏切りに失望し、涙をこぼしていたではないかっ』

もちろん覚えている。

剣を向けられたときの絶望と悲しみを思うたびに、胸がはち切れそうな痛みを感じる。信じていた人に裏切られた現実から逃げ出したくて、私はあの森を作ったのだ。

けれど、魂はシャンテレーレのものであっても、もう自分は彼女ではない。シャンテレーレの魂を持ったリアンヌだ。

『お前が妖精王女であることを知った上で甘言を囁き虜にし、羽根とお前の純潔を奪った！　あれは目的のためなら、お前の命を犠牲にするような男だ。今のあやつと何が違う!?　すべて同じではないか!!』

あぁ、レグナルドもリアンヌを通してシャンテレーレしか見えていないのか。今度こそ憎い人間に妹を取られまいと躍起になっている。

守られていると思っていたのは、リアンヌの勘違いだった。

――リアンヌもまた孤独だったのだ。

「そんなことありませんっ！　いくらレグナルド様だからって言いすぎです」

『私より、あの男を信じるというのか!?』

「違う！　私はただ――……、ラーシュはヴァリダ王とは違うと」

『あれに心奪われたのか』

「何を言って」

レグナルドがゆっくりと立ち上がる。長い毛で覆われた尻尾をゆらゆらとさせながら、窺うように目を細めた。

『あの姿、実にヴァリダ王によく似ている。生き写しと言ってもいいだろう。シャンテレーレも美しいものが好きだったからな。あの美貌で口説かれれば初心《うぶ》な妹はひとたまりもなかった。お前はどうだ？　心躍ったか。あの腕に抱かれて喜びを感じたのか？』

「――っ」

頬を赤く染めると、クッとレグナルドが表情を歪めた。

『なんと憎々しい』

地を這うような声で詰め寄られた次の瞬間だった。

『許さぬ……。許さぬぞぉぉッ!!』

憎悪を吐き出したレグナルドの影が、またたく間に膨らんでいく。これまでにないくらいに強い魔力が全身の皮膚を刺した。

(――いけないっ!!)

「レグナルド様、怨嗟《えんさ》に呑み込まれてはいけませんっ!」

咄嗟にリアンヌは手を伸ばすも、黒い姿態は一瞬で影の中に呑み込まれる。影は突風のごとく窓をけたたましく開けて外へ出ていってしまった。

「行かないで! レグナルド様!!」

窓に飛びつき叫ぶも、レグナルドの気配はすでに消えていた。

「――あ……。嘘……、どうしよう」

床に膝をついて、愕然とする。

また兄を魔獣に変えてしまうのか。

魔獣の正体は妖精だ。恨みや怒り、負の感情に心が支配されたとき、妖精は魔獣へと堕ちる。肉体を醜く変貌させ人間を襲う魔獣となるのだ。

妖精の羽根を使って人間国に結界を張ることを提案したのは、シャンテレーレだった。

シャンテレーレがヴァリダ王と巡り会ったときにはすでに、人間たちによる妖精の乱獲が盛んになっていた。彼らの悲痛な断末魔が他の妖精たちに憎悪と憤怒を抱かせ、次々と魔獣へと堕ちていく連鎖を止めたかった。それは、癒やしの力を持つシャンテレーレにしかできないことだ。

しかし、シャンテレーレが人間側に付いたことで、レグナルドは壊れた。

最愛の妹を人間に奪われた悲しみが怒りを呼び、妹への愛が憎悪となった。

シャンテレーレができたことは、結界の力で魔獣と化した肉体からレグナルドの魂を引き剝がすことまでだ。彼の中にある人間たちへの恨みまでは取り去れなかった。

妖精王だったレグナルドの魔力は強大だ。

四百年前は人間国の三分の一をレグナルドひとりで壊滅させた。すべての力が戻りきっていないとはいえ、憎悪で膨らんだそれは、いかほどのものになるのかリアンヌには想像もつかない。

彼の底知れぬ恐ろしさは、母を消されたとき身に染みて感じていたというのに。

リアンヌがシャンテレーレの魂を持って生まれたときのレグナルドの歓喜と、相反する母の悲しみは受け継がれた記憶に残っている。

母はわざとこの記憶を消さなかったのだろう。

シャンテレーレの魂が蘇ったことで、母はリアンヌが一人で自分のことができるようになるまでの繫ぎにすぎなくなった。母はひどく悲しんでいたが、理由はわからないままだ。

思えば母が残した記憶は他の誰よりも少ない。

そんな母の最後の記憶は歓喜で終わっていた。寿命を待つことなくレグナルドに消されることに、母は恐怖ではなく喜びを感じていた。

それでも、リアンヌはレグナルドを責めなかった。レグナルドは母よりも優しく、側にいてくれ、母よりも近い存在になっていたからだ。

『私の言葉を証明する足音が聞こえてきたぞ』

闇のしじまから、レグナルドの声だけが聞こえてきた。

(戻ってきてくれた!?)

リアンヌはうなだれていた顔をはっと上げて、辺りを見渡す。すると、ベッドにはもう一人の自分が扉側に背を向けて横向きに横たわっていた。レグナルドが見せる幻だった。

(な……に、レグナルド様は何をしようとしているの？　なぜあんなものを——)

ふわりとカーテンが広がり、リアンヌの身体を包んだ。

「——ッ!?」

いつ魔術をかけられたのか、声を出そうにも魔力で封じられてしまった。見えない紐で縛られているみたいに身動きひとつできなくなっていた。

この家にはレグナルドとリアンヌ、そしてラーシュレイフしかいない。

足音はリアンヌの寝室の前で止まった。

(ラーシュなの？)

ややして、扉が開いた。

現れたのは、ラーシュレイフだ。だが、様子がいつもと違う。秀麗《しゅうれい》な美貌は薄闇でもわかるほど冷淡で、いつもは熱っぽい眼差しをしている双眸には、なんの感情も浮かんでいなかった。白金色の髪だけは歩くたびに背中で揺れて変わらぬ美しさを誇っていた。

（その手に持っているのは……何？）

彼の右手には短剣が握られている。

鈍色に光るそれが、リアンヌに不吉な予感を連想させた。

（嘘よね……？）

ラーシュレイフだけは他の冒険者たちとは違うと思っていたのに。

そう思わせたくせに。

心臓が痛いくらい早鐘を打っている。緊張で喉が渇いた。

この先の展開など見たくないのに、視線を逸らせることも、瞼を閉じることさえもできない。

（レグナルド様、お願いやめて――っ。私にこんなものを見せないで）

ラーシュレイフは寝入っているリアンヌの側に立ち、掛布を捲った。現れた羽根に目を細める。鋭い眼光に慈愛の光はない。獲物を見る眼差しが、リアンヌを失意の底に突き落とした。

いつから、彼はこのときを狙っていたのだろう。

すべてはリアンヌを油断させるためのものだったとでもいうのか。

（嫌……、嘘よ。羽根はいらないいって言ったじゃないっ）

リアンヌが抱いた恋心まで壊そうとしないで。

悲痛な想いで、短剣が振りかざされるのを見ていた。

（やめてぇぇ――ッ!!）

声にならない絶叫をした直後。ラーシュレイフの動きが止まった。

（――あ……）

腕を下げ、緩慢な仕草で薄闇に沈んだ部屋を見渡している。

「――誰……だ……？」

ラーシュレイフの視線がカーテンに止まった。目が合ったと思ったのは気のせいではなかった。硬質で冷酷な気配を漂わせる彼は、知らない人に見えた。

足音を鳴らし、近づいて来たラーシュレイフがカーテンに手をかける。

「――ッ!!」

乱暴にカーテンが開けられたとき、リアンヌはその場にへたり込んでいた。

剣を構えるラーシュレイフを呆然と見上げる。

「どう……し、て……？」

レグナルドの魔術にかかっているリアンヌに気づいたことへの疑問なのか。

それとも、目の前で起こったことへの釈明を求めているのか。

自分でも何を聞きたいのかわからなくなっていた。

今、見た光景が信じられない。

可愛いと囁きながら抱きしめてくれた腕が、リアンヌから羽根を奪おうとした。

覆すことのできない事実に、まばたきすら忘れてラーシュレイフを見つめた。

失意が涙となり、頬を伝い流れた。

「ねぇ……、どうして……？」

発した声は、涙で掠れていた。

シャンテレーレもこんな気持ちだったのだろうか。

愛しい人に裏切られた絶望の味は、記憶の奥底にもあった。

かつて、こんな気持ちで愛した人を見たことがある。そのときも彼は手に剣を持ち、苦痛に表情を歪めていた。

「また……私を騙したの……？」

悲しみに満ちた声音は、闇に滲んで消えた。

結界の縁へと追い込み、羽根を奪おうとした――愛しい人。

迎えに来てもくれないくせに、羽根だけは奪いに来たのか。

ラーシュレイフは大きく目を見開き、次の瞬間苦しげに眉を寄せた。

片手で頭を摑み、呻き声を漏らした。

(――何……?)

ややして、ゆるりと顔を上げた。

髪の隙間から覗く青色の双眸が、ぎらりと光った。

「――違う」

この期に及んで自分の行動を否定するラーシュレイフは、どういう神経をしているのだろう。

「何が違うの? あなたは今、私の羽根を奪おうとしていたじゃない」

「これは違うんだ! 気がついたら、ここにいた。呼び寄せられた――」

「言い訳なんて聞きたくない!」

耳を塞いで、叫んだ。もうこれ以上、どんな言葉も聞きたくなかった。

「あなたは違うと思っていたのに。優しい言葉も、羽根を奪うため? レグナルド様の言うとおり、あなたは何も変わっていないのね!」

「何を言っている! 変わっていないとは? リアンヌは俺の何を知っているというんだ!」

「あなたこそ、何も知らないの? 森での生活でおかしいと思ったことはなかった? その魂はヴァリダ王のもの。あなたはヴァリダ王の生まれ変わりなのよ!」

「な――」

ラーシュレイフが瞠目《どうもく》し、絶句した。

「――出て行って。今すぐ、私の前から消えて！」

刹那、ラーシュレイフが大きく身震いした。

リアンヌは手のひらに薄桃色の光を作った。

今すぐラーシュレイフから記憶を抜き取ってしまおう。

記憶を抜くため飛びかかると、短剣を床に放り出したラーシュレイフに腕をひねり上げられた。

「あぁっ！」

光の球は、みるみる小さくなっていく。まるで、何かに吸い取られていくみたいに、たちどころに消えた。

（そんな、馬鹿な）

自分の目で見たものが信じられない。魔力はどこへ消えたのか。

考えられることは、一つしかない。ラーシュレイフだ。

けれど、理由がわからない。ヴァリダ王の魂を持って生まれたことは、これほどの異能をもたらすというのか。

「あの光で何をするつもりだった」

硬質な声に、はっと我に返った。

「そ……んなの、どうだっていいじゃない！」

「これが、記憶を抜く光か」

訳知り顔で告げた言葉に目を剝けば、ラーシュレイフが傷心を美貌に浮かべた。

「ど——、してそれを」

「妖精たちが言っていた。リアンヌは人間の記憶を抜くのが好きだと。森からの生還者がおかしくなったのは、あなたのせいだったのか。記憶どころか心まで壊したのだろう」

それも嘘だったのね」

「嘘じゃない。進んで聞きに行ったことはない！　勝手に聞こえてくるんだっ」

「そんなの言い訳よ！

身体をくねらせ、拘束から逃れようともがく。

「リアンヌ、なぜ記憶を抜く！」

「なぜですって？　羽根が実在することを知れば、大勢の人間が森に入ってくる。シャンテレーレが森に立ち入ることを許した人間は、ヴァリダ王ひとりだけだもの。それ以外の人間に羽根は渡せないの。危険だと知らしめれば彼らはおいそれと近づかないわ。だから、記憶を抜くしかなかったのよ！　……なのにどうして、そんなひどいことを言うの」

「あなたが、俺を見限ろうとしたからだ！」

ラーシュレイフはそう言うなり、リアンヌをベッドに俯せに押しつけた。リアンヌの身体に乗りあげ、左手で羽根の付け根を摑んだ。

「あぁっ!!」

鋭い痛みと共に、力が抜けていく。ベッドに突っ伏し、リアンヌは呻いた。

「や……め、……ぁ」

「リアンヌ、俺を切り捨てたりしないだろう？　記憶は抜かないと約束してくれ」

切願するような声に心が震えてしまう。けれど羽根を奪おうとしていた姿を見せられた今、そんな約束はできない。リアンヌは必死に首を横に振った。

「俺を待っていたのに？　そうだろう？」

「私が待っていたのは、ヴァリダ王……よ」

「それが俺だと言ったのは、リアンヌだ。——ならば、俺のものだ。あなたも、この羽根も。そうだろう、リアンヌ」

「あぁっ」

うなじに口づけた唇が、二度目には嚙みついてきた。

「あぁ——」

ラーシュレイフは自分の印をつけるように強めに歯を立て、リアンヌの肌についた歯形をねっとりと舐めた。唇は背中へと下りてくる。

「ラーシュレイフ！」

「暴れないで。せっかくの綺麗な羽根を傷つけたくないんだ」

「だったら……離れ、てっ」

身を捩って抵抗を試みるも、抵抗した分だけ羽根の付け根への刺激を強くされた。

痛いくらい摑まれたかと思えば、慰めるように優しく撫でてくる。緩急つけた圧が、痛くて気持ちいい。指先まで届く甘い痺れに全身の力が抜けていく。

じくり、と子宮が疼《うず》き、眠っていた官能が呼び覚まされる。強制的に発情を促され、リアンヌは目を白黒させながら怯えた。

「や……ぁ。お願い……よ、ラーシュ……」

「できない。今離れたら、あなたは俺を二度と受け入れない」

「当たり前だわ……っ」

肩越しに振り返り睨みつけると、薄闇に青い瞳が異様に輝いて見えた。

我執《がしゅう》に取り憑かれた眼差しに宿る情炎は、彼が見せるはじめてのもの。

「――ッ」

「可愛いリアンヌ、君は俺のものだ」

寝間着にかかった手が乱暴にそれをずり下げた。露わになった肩にも、ラーシュレイフは熱心に口づけを落としていく。

「は……ぁ、柔らかい。素敵だよ、リアンヌ」

「やめてっ、こんなこと――望んでないっ」

「ここは？」

「あ――っ、あ、あぁ！」

零れ出た乳房を大きな右手が包み、揉み込んだ。ぐにぐにと指で形を変えながら、自分勝手に感触を楽しんでいる。

「ひぁ……や、あ……ん、ンっ」

抵抗したいのに、羽根を握られていてそれすらできない。乳房を揉まれるくすぐったい感覚が、いちいち腰骨を刺激してきた。

（気持ち……い、い――）

羽根の根元からの刺激と合わさり、じんじんと秘部に熱が溜まってくる。

シーツにしがみつきながら涙ぐむと、「泣かないで」と肩口に口づけられた。

「抵抗すると羽根が痛んでしまう。お願いだから、大人しくして。優しくしたいんだ」

「私の許可なく触れないと言った……のに」

不満をぶつければ、ラーシュレイフは満足そうに目尻を下げた。

「追い出されるくらいなら、あなたのここに俺の子が宿るまで、何度だって子種を注ぐ。だから、安心して俺の子を産んで。俺だけのリアンヌになって」

乳房を揉んでいた手が、下腹部を撫でた。子を宿す場所を愛おしげに摩る。

「はやくここに注ぎたい。俺のもので匂いづけして、誰も中に入れないよう栓をしてやらないと」

「わた……私、は――」

「この中に注がれる子種は、俺のだけでいいと思わないか？　俺たちの子を孕んでくれ」

ぐっと羽根の根元を摑まれ、ずきずきとした痛みに顔を顰めた。

「あ……ぁあ……」

「ごめん。痛かったか？」

自分でしたくせに、慰めの口づけをしてくる彼は偽善者だ。優しいふりをして、甘い言葉を囁きながら平気でひどいことをする。

ラーシュレイフとのかみ合わない会話がもどかしい。

いったい、彼はどうしてしまったというのだろう。

「力を抜いて」

伸び上がってきたラーシュレイフが、耳殻を舐める。湿った息が鼓膜をくすぐった。

「ふ……」

「そう、いい子だ」

耳朶を口に含み、悦に入った声が囁きかける。

「どこから食べようか。リアンヌはどこも甘い香りがする」

「だ……、め」

「でも、君は俺のものになるんだ」

なんて身勝手な言い分なのだろう。

ラーシュレイフの下から抜け出そうと身を捩ると、また羽根の付け根を圧迫された。

間断なく続く刺激に反抗心だけでなく、理性まで削がれていく。

（な……、んで……）

秘部の奥、子を成す場所がじくじくと疼いていた。

羽根が揺れるたびに、薄桃色の粉が舞い散る。ラーシュレイフは目を細めて、それを顔で受けていた。

「素晴らしいな」

彼の手が腰をなぞり、寝間着をさらにずり下げた。腰を少し浮かせると、ラーシュレイフは器用に下着ごとそれを足下へと下ろした。リアンヌの一糸まとわぬ姿に、彼はうっとりとした吐息をつきながら頬をすり寄せてきた。

「リアンヌ、羽根をたためるか？　あなたの顔が見たい」

嫌だと首を振って拒絶したのに、ラーシュレイフはいっこうに話を聞かない。

「困ったな」と口先だけの困惑を呟き、腰に巻いていたベルトを引き抜いた。

「可愛い、リアンヌ。少しだけ我慢して」

そう言うなり、ベルトでリアンヌの右手と右足を縛った。

「ラーシュ！」

手首を一周したそれは、膝《ひざ》の裏を通り、留め具のところで縛られている。動かせれば取れそうなのに、あがくほど締めつけられた。その状態で身体を起こされる。反対の手足ももう一本のベルトで縛られた。これでは抵抗することもできない。

「な――っ、ラーシュ。どうして……！」

「あなたから引き離されるくらいなら、すべてを奪ってしまおうかと思って」

ラーシュレイフは器用に左の羽根を避けてリアンヌを背中から抱きしめた。広げられた脚の内側を、彼の右手が這っていく。左手はリアンヌの身体を弄っていた。

「ふ……ぅ、――く」

自分で触るのと、他人に触れられるのとではこんなにも感覚が違うものなのか。

全身を這う左手の感触に、いちいち腰が跳ねた。むず痒さを孕んだ刺激が、秘部を熱くする。左手が時折、羽根の付け根を撫でるから、ますます身体が過敏になった。

「は……、ぁっ」

顎をあげて、無意識に顔をラーシュレイフに擦りつけた。何かに縋っていないと、皮膚の下で沸き立つ興奮を抑えられない。濡れた秘部からは、透明な蜜が滲み出てきている。それはベッドに小さな染みを作った。

揺さぶられ、揉みしだかれるたびに、つんと尖った乳房の尖頂が辛い。

「ラーシュ……」

施される愛撫に、勝手に腰が震えていた。

ラーシュレイフが指を秘部に滑らせ、蜜穴から溢れた蜜を絡ませた。

「あぁ……っ」

皮膚とは違う、柔らかな場所にはじめて触れられ、腰がわななく。

「まだ触れてもいないうちから、こんなにしているのか？」

薄い茂みをかき混ぜた指が、蜜を塗り込むように媚肉をなぞる。ぬち、ぬち……と立つ卑猥《ひわい》な音が、ますますリアンヌの羞恥を誘った。

「や……ぁ、あ……っ。ラーシュ」

「あぁ、どんどん溢れてくる」

悦に入った声で呟き、指に絡め取ったものを美味そうに舐めた。

「あ……あぁ、だめ……。そんなこと……しないでっ」

「どうして？　とても甘くて、リアンヌの味がする」

そんなわけない、と必死で首を振った。

「可愛いよ。もっとあなたを味わわせて。全部、見せて」

「だ……めっ、お願い……だから」

これ以上、ひどいことをしないで。

快感を覚えさせないでほしい。戻れないところに行きたくない。

自分はまだ、今のままでいいの。

レグナルドとグラテナと共にすごす暮らしがあればいい。

蜜穴の縁を撫でては、指先が中を窺うように突く。ぬぷ、ぬぷ……と断続的に立つ濡れた音に、リアンヌはいやいやとまた首を振った。

「外に……あなたの居場所に戻って、お願い」

「ひどいな。リアンヌは俺がいなくなってもいいのか？」

頷けば、指が唐突に根元まで入ってきた。

「ひ――っ！」

狭い場所を無理やり押し入ってきた異物に、目の奥で銀色の閃光が瞬いた。

秘部に潜った中指が、上下に動いて内壁を小刻みに叩いている。わずかな振動が新たな快感となって腰を揺らめかせた。

脚を閉じたくても、ラーシュレイフの腕に阻まれどうすることもできない。視線を下げれば、彼の指が秘部に埋まっているのが見えてしまう。

「ん……は、ぁ……っ、あ！」

やがて、手が前後に動き出した。

ぞくぞく……と、甘い痺れが粘膜を伝わり、身体中に広がった。

「リアンヌ、見て。指が食われている」

わずかにラーシュレイフの声も掠れている。頬にかかる熱い息が、彼もまたこの行為に興奮していることを伝えてきた。臀部《でんぶ》には硬くなった欲望が当たっている。

見たくないと思うのに、視線は下へと下がっていく。

「あ……あぁ、……ぁ」

（私の中に、ラーシュの指があんなに深く入ってる――）

卑猥な光景から目が離せない。

抜き差しされる指に、リアンヌの滴らせた蜜が絡みついていた。

「ふ――、ぅ……ん、ぁ」

背筋を這い上がってきた鈍い疼きに、ぶるりと身体が震える。きゅっと秘部が窄まり、中を擦る指を締めつけた。

「あぁ、可愛いよ。リアンヌ」

頬ずりされ、ねっとりと頬を舐め上げられた。

中を埋める指が二本に増えた。窮屈さに眉を寄せるも、それ以上に感じる快さにはかなわない。羽根が快感に震え、色濃くなっていく。

「リアンヌ、羽根しまえる？」

乳房の先頂を指で摑まれ、引っ張られながらの問いかけに、リアンヌは頬を紅潮させながら、何度も頷いた。みるみる羽根が小さくなっていくと、ラーシュレイフが四肢の拘束を解いた。自由になったことで、身体から力が抜ける。すると、指が中でばらばらに動き出した。

「は、あぁ……っ！」

腰が快感から逃げ惑うように、ひっきりなしにくねる。ラーシュレイフが後ろからリアンヌを強く抱き込んだ。

「ラーシュ……、それだめ……、中……すごい、の……」

「俺も気持ちいい。指が蕩けそうだ」

「あぁ……、あ……ん、ん――っ」

速くなった愛撫でかき出された蜜が、シーツを濡らす。「リアンヌ」と呼ばれ、顎を支えられながら振り仰げば、唇を貪られた。

口腔《こうくう》を肉厚の舌が蹂躙《じゅうりん》してくる。絡めとられる舌がじん……と痺《しび》れた。苦しいけれど、ラーシュレイフに触れている場所すべてが気持ちよかった。とりわけ、内壁の上側を擦られるのが一番好きになった。

「だめ……何か、……くる。溢れ……ちゃうっ」

「いいよ。そのまま飛んで」

ラーシュレイフの指が同じ場所を何度も擦る。彼にはそこがリアンヌの性感帯だとわかっているのだろう。熱心で執拗な愛撫と、濃厚な口づけに思考も朦朧《もうろう》としてくる。

もうラーシュレイフのことしか考えられない。

「い……、んぁ――ッ!!」

目の奥で閃光《せんこう》が瞬《またた》いた次の瞬間、目の前が真っ白になった。強烈な快感が全身を突き抜けていく。強くラーシュレイフの指を締めつけながら、リアンヌはすぎる悦楽に身体を強ばらせた。

「あ……、……ぁ、あ」

がくがくと腰が揺れる。浅い息を繰り返しながら、リアンヌはたった今、自分の身に起こった出来事が理解できずにいた。

(今の……な……、に?)

ラーシュレイフの身体にくたりともたれかかると、またラーシュレイフに強く抱きしめられた。身体を仰向けに倒されても、抵抗する気持ちすら湧きあがってこない。

リアンヌの目の前に、衣服を脱ぎ捨てたラーシュレイフがいる。

しなやかな体軀を作る筋肉は、うっとりとするほど綺麗で、滑らかそうな肌は、思わず触れてみたい誘惑に駆られた。何もかもが完璧な姿態には、雄々しい欲望がそそり立っていた。それを彼が手で扱くと、先端から透明な雫が溢れてくる。粘り気のあるそれが、ぬちゃ、ぬちゃ……と淫靡《いんび》な音を立てていた。

卑猥な光景を見せつけられているのに、ごくりと喉が鳴った。

ラーシュレイフの目は貪婪《どんらん》な光で満ちている。舌なめずりして見下ろす姿の、なんと艶めかしくていいやらしいのだろう。

「は……っ、は……ぁ」

心臓が痛いくらい早鐘を打っていた。薄い腹が浅い息遣いで上下している。

ラーシュレイフが欲しくてたまらない。

彼は欲望を手で支えながら、蜜穴に先端をあてがった。ぬるぬるとしたものを、媚肉の割れ目に塗り込まれていく。

（あ……あぁ、入る。入ってくる——）

ぐっと先端が蜜穴に押し入ってきた。指とは違う圧倒的な質量に、一瞬息が止まる。

身体が割り開かれていく音が聞こえてきそうな挿入感に、リアンヌは懇願の眼差しでラーシュレイフを見つめながら、首を横に振り続けた。

「……だ……、め……ぇっ」

「——くっ」

亀頭のくびれが収まったところで、一度動きが止まる。ほっとした直後、ラーシュレイフが一息に最奥まで欲望で満たした。

「ひ――ッ！」

ごりっ……と奥を穿たれた振動に、目を見開いた。背中が弓なりになる。

「あ……、あ……ぁ」

目を細めたラーシュレイフはゆっくりとリアンヌに覆い被さると、縋るように抱きついた。痛いくらい強く抱きしめられる。ラーシュレイフの長い白金色の髪がさらさらと素肌を撫でた。

「――俺のものだ」

長い吐息と共に、ラーシュレイフが呟いた。

今は肌に当たる息も、細い針で刺されているみたいだ。

「俺のものだ」

ゆるり、と腰が揺れた。振動に「ひっ」と短い悲鳴が出た。

破瓜の痛みに涙が溢れる。はくはくと口を開きながら、リアンヌは中に収まった凶悪なものを感じていた。

今にも内側から身体が真っ二つに裂けてしまいそうな、この圧迫感は何？

「あ、あ……ぁ」

どんな言葉も紡げない。簡単な単語を零しながら、リアンヌはその怒張がもたらす凶暴な存在感におののいた。

「ま……って、まだ……動かない、で……」

わずかな振動ですら辛いのだ。亀頭のくびれは見た目以上に高く張っていて、ごりごりとリアンヌの中を擦ってくる。

「い……っ」

走った痛みに声を呑む。長大すぎるものが、秘部の中を這っている。奥まで進んだものが、蜜穴近くまで戻ってくる。

「あ、あぁ……！」

まばたきすらできない鮮烈な痛みに、開きっぱなしになった口からは音ばかりが漏れた。ラーシュレイフが口を塞ぐ。リアンヌは入ってきた舌に助けを求めるように、自らの舌も絡めた。

「ふぅ……ん」

強く吸い上げられ、行き場のない手がシーツを強く摑んだ。すると、その手にラーシュレイフの大きな手が重なる。指を絡められて、リアンヌは咄嗟に強く握りしめた。

意識が他に向いたせいか、ほんの少しだけ痛みが和らぎ、痛苦に隠れていた快感がじわりと出てきた。

「は……」

声に甘さが滲む。きゅっと秘部が締まった。

「ん……、気持ちいい」

はじめてラーシュレイフの口から零れた快感に、なぜか嬉しくなる。

鼻の先がくっつくほど近くから、情欲に濡れた青い目がリアンヌを見つめていた。

彼の空色の瞳に、見たことのない顔をしたリアンヌが映っている。でも、きっとリアンヌの瞳にも劣情に染まった美貌が映っているのだろう。

緩慢な仕草でラーシュレイフが腰を進めた。痛みはあるけれど、もうそれだけではないと蠕動《ぜんどう》する粘膜が伝えてくる。

「あ……あ、んぁ……、あっ」

「リアンヌ、可愛い。……可愛い」

肌がぶつかる音が徐々に湿ったものになると、律動も滑らかになった。

身体を起こしたラーシュレイフが両手でリアンヌの細い腰を摑む。正確に的に当てていくように、先端が最奥を間断なく突く。ぬぷ、ぬぷ……と奥を穿たれる刺激だけでも目が覚めるような猛烈さなのに、爛《ただ》れるような熱を孕《はら》んだものがもたらす振動に、理性がそぎ落とされていく。

(気持ちい……い……)

こんな快楽は知らない。

これが人間との交尾。

互いの熱を伝え合い、すべてが溶け合って一つになっていく。

おずおずと手を伸ばして、ラーシュレイフの腕に触れた。すぐに、ラーシュレイフが指を絡ませてくる。握り合うと、ますます彼の存在が近くなった気がした。

(好き……大好き)

こんなことをする相手が、誰でもいいわけがない。

心から好きと思わなければ、到底できないことだ。きゅんと秘部が切なさに窄まると、ラーシュレイフの色気に染まった美貌が妖艶な笑みを浮かべた。

「綺麗だ……」

艶のある声が、リアンヌを見つめながらうっとりと呟いた。

答える代わりに、解され、蕩けた粘膜が嬉しそうにラーシュレイフに吸いついた。

「んぁ……、あっ、あ……あぁ」

そこは、亀頭のくびれで擦られることに、悦びを覚え始めている。

快感に潤んだ瞳から零れた涙が、紅潮した頬を濡らす。閉じられなくなった口からは、赤い舌が見えていた。

汗ばんだ身体は淡く発光しているかのように艶めき、ラーシュレイフの劣情を煽った。

彼は獣じみた呻き声を漏らし、最奥《さいおう》まで欲望を突き立てる。

「あぁ――――ッ!」

そのまま膝が胸につくほど、折り曲げられた。自然と臀部が持ち上がる。でっぷりとした欲望の先端をなすりつけるように腰を動かしながら、彼の唇が乳房にむしゃぶりついてきた。咄嗟に秘部がラーシュレイフのものを締めつけた。

「ひあ……ぁ、あ……」

「これが好きか？」

喜悦を含んだ声は唾液で濡れた乳房にかかる。くすぐったさとむず痒さに、ますます身体は溶かされていく。怒張したもので中をかき混ぜるような腰遣いが、たまらない。ラーシュレイフの凶暴な欲望が、貪欲にリアンヌを求めてくる。どこもかしこもラーシュレイフに触れられていて、それが気持ちよくて心地いいのだ。

溢れる多幸感に、意識のすべてが持っていかれる。

弾むように腰を突きつけられれば、白く泡立った蜜が、会陰を伝いベッドに染みた。手で膝を摑むよう誘導されると、さらに律動は激しくなる。

息をつく間もないほどの振動に、何度も意識が飛びかけた。そのたびに、ラーシュレイフが速度を緩めてくるから、走り出した興奮が焦れていく。

「ラーシュ……ねぇ、ラーシュ……」

ねだるように何度もラーシュレイフを呼び、長い髪に指をくぐらせた。緩く引っ張り、ようやくその美貌を乳房から引き剝がす。唾液で濡れた尖頂が卑猥だったが、そんなことよりも今は、もっと大事なことがある。

「気持ちいい？」

今さらの問いかけに、リアンヌは何度も頷く。

綺麗な頬に両手を添え、薄い唇に指を這わす。くちゅ……と彼の口の中に収まったそれを、ラーシュレイフはあめ玉みたいに舌で転がした。

生ぬるい感触に、情欲が沸き立つ。息苦しさは、甘ったるい吐息となって零れた。その間もラーシュレイフの指が乳房を弄んでいる。

「……も……と」

耐えきれなくて、とうとう音を上げた。

咥え込んでいる欲望を締めつけ、自らも腰をこすりつけながら、更なる快感を望む。

本能がこの先にはさらなる悦楽があると、訴えてくるのだ。

(私も……欲しい)

熱望を眼差しに乗せ、一心にラーシュレイフを見つめる。蠕動する粘膜も、ひりつくような疼きを覚えている最奥も、身体全部がラーシュレイフを求めていた。

彼の精が欲しい、と。

「なか……注い……で。ラーシュの……、欲しい」

「俺から離れない？」

吸いつく粘膜の中を払うように、雄々しい欲望を引き抜こうとする。

「それ……は──」

「俺の記憶を抜かないと誓うか？」

（あぁ、出て行かないで）

蜜穴付近まで抜け出た欲望を引き留めようと、リアンヌは秘部に力を込めた。

浅い場所でぬぷ、ぬぷと擦られ、「ひぁあ……っ」と目を白黒させる。

「リアンヌ」

いよいよ亀頭が抜けようとしている。

（あ……あぁ──っ）

「──から。……誓う、から！　──あぁぁ──ッ!!」

その直後、一息に欲望で最奥を突いた。

恍惚を伴う快感に、一瞬目が裏返る。

猛然と腰を打ちつけられる振動が、リアンヌを溺れさせた。浮遊感に似た陶酔《とうすい》が気持ちよくて、夢見心地だった。

「あ、あぁっ。ん……はっ、あ」

膝の裏に腕を通し、叩きつけられる律動に、口はしからは唾液が零れる。しまえなくなった舌がだらしなく出ているのも気づけなかった。

虚ろな目には、もうラーシュレイフしか映っていない。

「気持ち……い……、いぃ……っ」

ぎゅうぎゅうに欲望を締めつけながら、悦楽に身を委ねることの、なんと気持ちいいことだろう。

歓喜の笑みすら浮かべながら、リアンヌはラーシュレイフとの行為に夢中だった。自ら顔を寄せ、口づけをねだる。

唇の外で舌を絡ませながら、最奥を突かれる悦楽に酔った。脈動する欲望と、苦悶を浮かべたラーシュレイフが、力強い律動をする。

(何か……きちゃ……うっ)

壊れてしまいそうな揺れに、リアンヌも余裕がない。ひくりと喉を鳴らした直後。

「あぁぁ――っ！」

「――ッ」

跳ねた全身を強烈な快感が駆け抜けると、熱い飛沫が胎内に注ぎ込まれた。

ラーシュレイフとの情事は一度では終わらず、朝になっても続いた。

その頃には自分とラーシュレイフとの境界線が曖昧になっていて、どちらかが興奮を覚えれば情欲に耽《ふけ》った。

熱を持ったら抱き合って慰め合い、悦楽に浸りながら眠る。自堕落で怠惰な時間を生まれたままの姿でいることの快適さと、好きな人と触れ合える時間はリアンヌを満たしてくれる。

けれど、心の隅々までは満たされなかった。

気がつくと、視線は窓へと向いている。リアンヌがラーシュレイフとの時間を過ごしている間も、レグナルドは憎悪を膨らませているかもしれない。そう思えば、彼との快楽に浸っている場合ではないのに――。

「何を考えてる？」

ラーシュレイフの掠れ声に意識が彼へと引き戻された。

リアンヌを抱き込んで眠っていた人は、当たり前のようにまたリアンヌを組み敷いた。脚を開かせ、ぬかるんだ蜜穴に欲望を押し入れる。

「……ん……っ」

入ってきた圧倒的な存在感は、何度味わっても苦しかった。

緩慢な律動を始めながら、ラーシュレイフが長い髪をかき上げた。惜しみない色香に内壁は淫蕩《いんとう》に蠢《うごめ》く。彼のものを美味しそうに咥《くわ》え込みながら、精を搾り取らんとするかのごとく扱いた。

「いやらしいな」

リアンヌは羞恥で頬を染めながら、淫乱さを笑うラーシュレイフを睨《ね》めつけた。

「あなたの……せい、よ」

「あぁ、そうだ。全部俺が教えた」

そう嘯《うそぶ》くと、ラーシュレイフがくるりと身体を入れ替えた。反転して、彼に跨がる格好になる。

「いやらしい腰つきで、俺を誘ってくれ」

なんて淫らなおねだりなのだろう。

リアンヌの下でほくそ笑む彼は、悪い顔をしていた。ラーシュレイフは両手でリアンヌの腰をなぞり、繋がっている部分がよく見えるようにと大股を広げさせられた。淡い茂みを親指で弄びながら、「リアンヌ」と甘えた声を出す。

恥辱に顔を赤らめさせながらも、リアンヌにはゆるゆると腰を動かし始めた。持ち上げては下ろす単調な動きに、ぬちぬちと卑猥な音がついてくる。

「ん……ぁ」

腰骨から上がってくる鈍い痺れに、吐息が零れた。しなやかで美しい獣を連想させるたくましい胸板に手をつき、腰を使ってラーシュレイフの欲望を愛撫する。

「はぁ……、あ、……あぁ」

最初はたどたどしかったものの、行為に没頭してくれれば、大胆になった。ぬらついた欲望をぎりぎりまで引き抜き、根元まで一気に咥え込む。

「――ッ！」

一瞬の快感は鮮烈で、奥の疼痛にリアンヌは眉をひそめた。けれど、二度、三度と欲しくなる刺激だ。

「そうだ。もっと貪婪になれ」

リアンヌは積極的に腰を動かし、速度を緩めたり、速めたりしながら、快感を追った。溢れた蜜がラーシュレイフの下生えを濡らしても、腰は止まらない。

脈打つ欲望を咥え込んでいる場所が、どんどん柔らかく蕩けていくのがわかる。愛おしいのだとそれに吸いついていては、精を寄越せと締めつける。

(まだ……足りない)

前のめりになりかかっていた身体を起こし、弾むように腰を打ちつけた。

「ふ……、あっ、あ……」

欲望が中を抉る角度が変わったことで、味わう感覚がいっそう鮮明になった。見て、と言わんばかりに脚を開き直し、揺れる乳房にラーシュレイフの手をあてがった。

「あっ、ああ……、いぃ……っ」

大きな手の上から乳房を弄ぶ。ラーシュレイフの感触に身悶えた。

（こんなこと、してる場合じゃないのに……）

悦楽を知った身体は、満足するまで止まらない。

まるでラーシュレイフのすべてを搾り取るまで終わらないのではと思うほど、貪欲に彼を求めてしまう。身体がしっとりと汗ばんでくる。

潤んだ目でラーシュレイフを見つめた。

——きて。

音のない願望を紡いだ直後、ラーシュレイフが猛然と腰を突き上げてきた。

「あ、あぁ……っ、い……ぁ、んっ」

汗が律動に合わせて飛び散る。

腕を取られ、下から穿たれる快感はリアンヌを悦楽へと連れて行く。

「すごい……ラーシュ、これ……気持ち……い、いっ」

根元まで呑み込んだ秘部は、歓喜に蠢いている。

「奥……気持ちいい……っ、あ……あぁっ」

淫らな言葉で喘ぎながら、揺さぶられる陶酔感に溺れた。ラーシュレイフの欲望がぐっと質量を増した。

「あ……ぁ、出す……の？　なか……に、出し……て」

「——っ、いやらしい人だ」

「あ、あぁ、んっ!!」

リアンヌの感じる場所ばかりを狙って先端が小突いてくる執拗《しつよう》さに、ちかちかと銀色の閃光が瞬いた。強烈な快感に意識が何度も白みかけた。そのたびにねっとりとした腰遣いで、現実に引き戻される。

「リアンヌ。ここに触れていいのは、誰だ」

「ラ……ラーシュ……」

「それは、なぜ？」

「……ぁ、あ……っ、んっ」

答えに詰まると、また激しく粘膜を擦られる。爛れるような刺激に、口はしから唾液が零れた。

「ラーシュ……が、ほし……、欲しい、の……っ」

「どうしてだ？」

頭が揺さぶられるほどの律動に、何を口走っているのかすらもわからなくなった。

「好き……、ラーシュ……の、きもち……い」

「俺が好きだから。そう言って」

「ラーシュ……だめ、も……イきた、い……っ」

ぐずぐずと涙を流しながら懇願するのに、ラーシュレイフはまだ楽にしてくれない。

「抱かれるのは、俺が好きだから。――そうだろう？」

身体を渦巻く愛欲が苦しくて辛くて、リアンヌはすぐさま首を縦に振った。

「好き……ラーシュレイフが……すき」

その言葉が引き金となり、妖精の羽根が広がった。

「は……っ」

息を呑んだラーシュレイフの腰つきが速くなる。

薄桃色の粉が舞い散る中、リアンヌたちは絶頂へ飛んでいた。

◇◆◇

互いの熱が収まったとき、辺りは薄暗くなっていた。

（――夜……？）

日が落ちているのはわかるも、正確な時間まではもうわからなくなっていた。

いったい、自分たちはどれくらいの間ベッドにいたのだろう。

倦怠感に満ちた身体が重い。けれど、疲労だけが理由ではなかった。

身体を搦め捕るように抱きついたまま、ラーシュレイフが昏々と眠っていた。さすがに疲れたのだろう。

（綺麗な顔）

シャンテレーレが愛した人に、ラーシュレイフはよく似ているとレグナルドは言った。

彼はヴァリダ王の魂を持っている。

羽根を渡すときが来たということなのだろうか。

リアンヌがシャンテレーレの魂を持って生まれたのも、このときを予見してのことだったのかもしれない。

羽根を渡してしまえば、シャンテレーレの願いは成就する。

（でも、私の願いは――？）

ラーシュレイフは行為の最中ですら一度も、「リアンヌが好き」と言ってくれなかった。

彼がリアンヌを求める理由が二人の魂が呼び合うせいなのだとしたら、ラーシュレイフは今、過去の恋慕に引きずられているだけになる。

ラーシュレイフはリアンヌに剣を向けたのは、自分の意思ではないと言った。けれど、リアンヌにはそれを信じるだけの心の余裕がない。

（知らなかった。他人を信頼するってこんなにも気力がいることだったのね）

心がずぶずぶとぬかるみに沈んでいくみたいだ。

ラーシュレイフが自分でない人を見ていることが悲しい。

裏切られていたと知っても、離れがたい。

これが恋なのか。

シャンテレーレもこんな気持ちを味わったのだろう。

ひどい男だとわかっても、彼女はヴァリダ王を想うことをやめなかった。いや、やめられなかったのだ。

そっと手を腹部にあてがい、子種を注がれた熱を思い出す。もしかしたら、ここには新たな命が宿ったかもしれない。そうだとしたら、自分はどうするべきなのだろう。

羽根を渡せば、自分たちに生きる理由はなくなる。

ラーシュレイフが恋した妖精も消えるのだ。

(私のことはどう思っているの?)

物思いに耽っていると、視線を感じた。

窓を見れば、大きな赤い目がリアンヌを見ていた。

「――ッ!!」

飛び上がりそうなほど驚き、声を上げそうになったのをすんでのところで堪える。

(グラテナ?)

普段は呼ばないかぎり家には来ないのに、どうしたのだろう。

ラーシュレイフを起こさないよう、そっと彼の腕から抜け出し、窓際に寄る。硝子窓を開けると、グラテナはすぐ鼻先をすり寄せてきた。

「ごめんなさい。寂しかったの？」

そうだと言わんばかりに、グラテナの長い舌で何度も頬を舐められる。唾液でべたべたにされてから、今度は髪を引っ張られた。

「いた、いたたた……。ち、ちょっと待って。だから、ごめんと──」

相手にされなかったこと拗ねているのかとも思ったが、少し様子が違うようだ。

普段とは違う外の気配に、ようやく気がついた。

森の音が消えていた。飛び回っている妖精たちの姿もない。

グラテナは鼻息を荒くして、長い首を振った。彼もまた興奮している。

ただならぬ様子に、緊張が走った。

「まさか、レグナルド様が」

森の静寂がレグナルドに理由があるのなら、彼はもう魔獣へ姿を変えてしまったということではないのか。

不安がみるみる大きくなった。

今度こそレグナルドは人間を許さないだろう。

「駄目よ、探さなくちゃ」

あぁ、どうして自分はこんなになるまで気づけなかったのだろう。ラーシュレイフとの情事に耽っている間に、森はレグナルドの憎悪に呑み込まれようとしている。

森の平穏を守ることは、人間と妖精とを守ることだというのに。

リアンヌは床に散らばっている服を急いで拾い集める。手早く身につけ外に出た。

「グラテナ、レグナルド様の気配を追える？」

グラテナは長い首を伸ばして、辺りを探る仕草をした。リアンヌも羽根を出し、レグナルドの気配を探す。

樹海の闇が、ここまで侵食してきているような不気味さだ。

「リアンヌ、どこへ行く。それに――この気配はなんだ」

追うようにして家から出てきたラーシュレイフが、森の異変に気づくと顔を顰めた。

今はまっすぐ顔を見ることができない。

咄嗟に視線を下げてしまう。

(レグナルド様が魔獣に堕《お》ちたかもしれない、なんて言えるわけないわ)

すると、ラーシュレイフが辺りを見渡した。

「あれはどこに行った？　なぜリアンヌの側にいない」

ラーシュレイフが指す「あれ」が誰のことかなんて、嫌でも知っている。

嘘がつけないリアンヌが答えられずにいると、「いつからいない」と硬い声音で問われた。

「……昨日の夜から」

「なんて禍々しい気配だ。俺も行こう」

冗談じゃない。どんな顔をしてラーシュレイフと一緒にいればいいというのか。

リアンヌは顔を上げると、全力でその申し出を断った。

「いいえっ、私一人で捜すわ！」

「駄目だ。この森にリアンヌ一人を行かせるわけにはいかない」

そう言うなり、ラーシュレイフがひらりとグラテナの背に飛び乗ってくる。

「早く乗って」

ラーシュレイフがリアンヌに手を差し伸べる。

恋を自覚した途端、ラーシュレイフが自分を見ていないことが、たまらなく嫌になるなんて。

けれど、今は自分の気持ちを優先すべきときではない。

逡巡したが、リアンヌはおずおずとその手を取った。一息で背の上に引き上げられるのを待っていたかのように、グラテナが翼を羽ばたかせ空へと舞い上がった。

ごうっと耳元で風が鳴る。頬を切る風が生ぬるい。

森が普段以上に鬱蒼《うっそう》として見えるのは、夜に沈んでいるからだけではない。森を覆うように禍々《まがまが》しい気配が広がっているからだ。いずれこれは人間の居住区までも呑み込んでしまうだろう。

「あれがどこにいるのか見当はついているのか？」

後ろからかかった声に、リアンヌは少し考えてから首を横に振った。

レグナルドのことを知っているつもりになっていたけれど、彼が行きそうな場所の見当もつかないことに、実はさほど知らなかったのだと気づかされた。

（私は今までレグナルド様の何を見てきたの――）

肉体から魂を引き離されてから彼がどんな思いを抱えていたのか、リアンヌは知らない。レグナルドがそのことに口を開くことがなかったので、こちらから聞くこともしなかった。

今にして思えば、もっと寄り添うべきだったのだ。

レグナルドがくれる居心地の良さに甘えて、彼を顧みなかった代償がこれなのだ。自分が使命に不満を抱かないから、レグナルドも今の暮らしに満足していると勝手に思い込んでいた。レグナルドがシャンテレーレを大事に思っていたことを重く受け止めていたなら、彼が再び魔獣へ堕ちる事態にはならなかったかもしれない。

（――いいえ、嘆いたって仕方ないの。それに、未来のことなんて誰もわからないわ）

それは、ラーシュレイフとの関係にも言えることだ。彼の親身な姿勢に、リアンヌは戸惑っていた。

リアンヌの側にいることを望んだ姿と、剣を向けた彼と、どちらが本当のラーシュレイフなのかわからなくなったからだ。

『あれは目的のためなら、お前の命を犠牲にするような男だ』

シャンテレーレがなぜヴァリダ王との記憶を残さなかったのか、ようやくわかった気がした。

愛した人との思い出をひとり占めにしたかったわけではない。彼の非道を後生に知られたくなかったのだ。

仮に自分が彼女の立場だったとしても、同じことをしたに違いない。

リアンヌはぎゅっと拳を握りしめた。

すると、ラーシュレイフがその手を大きな手で包み込んだ。

「大丈夫。あれはリアンヌを置いてどこかへ行ったりしない」

無言でいる理由を、レグナルドが消えた不安だと勘違いしたラーシュレイフが言った。

どうしてそう思うのだろう。

怪訝な顔をすると、もう一度「大丈夫だ」と念を押された。

「俺の魂がヴァリダ王のものであると聞かされてから、ほんの少しだが思い出したことがあるんだ。あれはとても深くシャンテレーレを愛していたということだ。心から惚れ抜いた相手からは離れられない。魂が強い想いで繋がれてしまうからだ」

「魂が？」

ラーシュレイフの口から出た「魂」という言葉に反応する。

後ろを振り仰ぐと、ラーシュレイフはやるせなさそうに苦笑した。

「ヴァリダ王は伝承でこそ建国王として崇められているが、実際は違っていたそうだ。魔獣と妖精を結界の外に追いやることに成功した後、彼は羽根を祀っている王宮の大聖堂の真下に地下室を作り、そこで生涯を終えた。内側から閉ざされた場所には、誰も立ち入ることができなかったという。何枚かの肖像画を抱えた彼は、二度とそこから出てこなかったそうだ」

「では、ヴァリダ王は餓死したの？　でもどうして……、彼は魔獣から人間を守った英雄になったはず。なのに、なぜそんな寂しい最期を望んだの？」

意味がわからないと首を振ると、ラーシュレイフが寂しそうに目を伏せた。

「史実を紐解いても、彼のことはほとんど記されていないんだ。故意に残さなかったのか、それとも記していたが長い歴史の中で紛失してしまったのか。ただ、ヴァリダ王の亡骸は、今も大聖堂の下にあると伝えられている。嘘か誠かを確かめようにも、地下に続く扉すら見つからないのだから、今ではただの伝承となっているんだ」

「でも、あなたは？　さっき少しだけ思い出したと言ったわよね。そこには史実にない出来事もあるのではないの？　たとえばシャンテレーレを裏切ったときのこととか」

「俺が彼女を裏切った……？」

ラーシュレイフが驚きに目を見開いた。

その様子を、リアンヌは黙って見ていた。

「覚えてない？」

「……すまない」

口にした謝罪は、思い出せないことへのものなのか。それとも、言わないことへのものなのか。シャンテレーレの名を聞いてすぐに反応したところを見れば、後者なのだろう。

ラーシュレイフはやはり嘘をつくのが得意ではないようだ。ますます彼への疑念が膨らんでいく。もうラーシュレイフの何を信じていいのかわからない。

「ヴァリダ王は、わずかだが魔力を持っていたとも伝えられている」

「なんですって？」

ラーシュレイフの言葉に、今度はリアンヌが目を丸くする番だった。

「人間の中にも稀に魔力を持って生まれる者がいるんだ。たいがいの者はそのことを隠し、人間として一生を生きる。ヴァリダ王もその一人になるはずだった」

豪族の長として生まれたヴァリダ王は、その特異体質をひた隠しながらも、必要とあれば戦に利用し領土を広げてきたという。

もしかしたらヴァリダ王も、妖精たちの声を聞けたのかもしれない。彼らが語る無垢な悪意の中から真実だけをすくい取り、勝利へと繋げた。

やがて、ヴァリダ王が他の豪族たちから無敵と怖れられるようになったのは、ひそかに妖精の支援があったからではないのか。

ヴァリダ王が魔力の持ち主なら、ラーシュレイフにもその力があっても不思議ではない。むしろ、彼の魂を持っているのなら当然とも思えた。シャンテレーレがヴァリダ王に惹かれたのも、彼の美貌の他に、その特異体質に興味を抱いたこともあったのだろう。

妖精は好奇心旺盛な生き物だからだ。しかも、ラーシュレイフによく似た美貌なら、なおのことシャンテレーレはヴァリダ王に惹かれたはず。

「リアンヌにも過去の記憶があるのだろう？　ヴァリダ王とシャンテレーレとの間に何が起こったのか、教えてくれないか？」

「どうして私に過去の記憶があると知っているの？　私はあなたにそのことを言っていないわ」

「あ……、いや。それは」

「それも、妖精たちから聞いたのね」

恨みがましい口調に、ラーシュレイフが「すまない」と小声で詫びた。

「でも、今さらよね。あなたはヴァリダ王の魂を持っているんだもの。他の人間たちとは違うわ」

できれば、いい意味で違っていてほしかったと思うのは、リアンヌのわがままなのだろうか。

ラーシュレイフだけはリアンヌに誠実だと思いたかった。

そんな人を好きになったのは、魂が呼び合うからなのか。

ラーシュレイフを好きだと思う、この気持ちすら操られたものになるのだろうか。

今は考えることが多すぎて、ろくでもないことしか出てこない。ラーシュレイフに抱かれた身体も疲弊《ひへい》している。

こんなに近くにいても、ラーシュレイフが遠くに感じられた。

「リアンヌ、聞いてくれ。あれは俺の本意ではなかったんだ。何かに意識を乗っ取られていたとしか言いようがない」

「口ではどうとでも言えるわ。あなたは私に剣を向けた。それは事実よ」

人間たちはその欲深さを隠すために、事実を歪ませ妖精を悪に仕立ててきたではないか。

ラーシュレイフも、羽根を奪うためにリアンヌに近づいた。

「妖精を抱くことができて、満足した？」

「リアンヌ」

「——あなたが妖精に執着していたのは、知っていたわ。私のことを好きなわけじゃない」

「リアンヌ！」

はじめて向けられる厳しい声音に、口を噤んだ。

「頼む。嫌味はやめてくれ……」

リアンヌだって、こんなことを言いたくない。

けれど、ラーシュレイフもひどいことをしたのだから、自分だって少しくらいの意地悪は許されるはずだ。

ずっと疑問だったことを、こんなふうに話してしまうことになるなんて思わなかった。

(私はどのラーシュを信じたいの——?)

「——意識を乗っ取られていたって、本当なの?」

重い沈黙の中から水を向けると、ラーシュレイフははっと顔を上げた。見上げた顔は可哀想なほど痛々しい表情をしている。

「本当だ。隠密が自害する前、何かが俺の中に入ってきた感覚がしたんだ。それからだ。意識に靄《もや》がかかったようになり、頭の中で一匹の魔獣と別の人格の声が聞こえていた。役目を果たせ、奪えという声と、手に入れろと唸る声だ。声が示すものがリアンヌの羽根だと直感したから、俺はその声たちを拒絶した。——したはずだったんだ」

後悔にうなだれる声は嘘をついているようには聞こえない。

だが、リアンヌにはもうそれが真実であるかの判断はつかなかった。

たくさん嘘をつかれたから、ラーシュレイフのこともわからなくなってしまった。リアンヌが見てきた姿も偽りの姿だったのではないかとすら思えてくる。一度躓《つまず》いてしまったら、あとは転がるように疑心暗鬼の沼へと落ちていく。

（――レグナルド様。私はどうしたらいい？）

レグナルドの言葉を信じられなかったくせに、困ったときにはつい彼を呼んでしまう癖がついてしまった。

（だって、ずっと側にいてくれたのはレグナルド様なんだもの）

悲しいとき、嬉しいときに側にいてくれたのはレグナルドだった。リアンヌが知る愛情はすべてレグナルドから与えられたものばかりだ。

（どこへ行ってしまったの？）

何も言わず家を空けることはあったが、いつも彼の気配を感じられていた。離れていても、レグナルドと繋がっている安心感があったのに、今はそれがない。

レグナルドがリアンヌを拒んでいるからだろうか。

見限られた――？

考えただけで、身体の底から恐怖がこみ上げてくる。

どこで間違えてしまったのだろう。ラーシュレイフと出会ったことで歯車が狂い出したのなら、彼を見殺しにすればよかったのだろうか。

（そんなことはできなかった）

リアンヌは四百年分の記憶を受け継いでこそいるが、レグナルドのように人間を恨んではいない。それは、シャンテレーレがヴァリダ王との記憶を後生に残さなかったからだ。

だから、リアンヌはまっさらな気持ちでラーシュレイフと接することができた。

『今のあやつと何が違う!?』

だがレグナルドには、ひと目ラーシュレイフを見たときから、ヴァリダ王と重なって見えていた。早々に一度、ラーシュレイフの記憶を抜いたのも、最愛の妹が奪われることを怖れたからだろう。

『あわよくば、お前の羽根を奪う算段を立てている奴だぞ!』

ラーシュレイフのことを信じられない今、その言葉こそ正しいと思えてしまう。

でも、違うと思いたい気持ちもリアンヌには残っていた。

すべてが羽根を奪うための嘘だったなんて、思わせないで。

ぎゅっと目を瞑ったときだった。森の入り口辺りに人間たちの気配を感じた。グラテナもその気配に気づいたのか、喉から警戒音を発《はっ》している。

「グラテナ、降りて。ゆっくりよ」

人間たちに気づかれないよう、少し離れた場所に降りた。

森に入ってきているのは男ばかりで十人ほどいる。手には鍬やたいまつを持っていた。

グラテナから降りたリアンヌたちは彼らに気づかれないよう、森の闇に身を隠しながら様子を窺った。

すると、徐々に彼らの話し声が聞こえてきた。どうやら、誰かを探しに森へ入ってきたようだ。

「本当に魔女のところへ行ったのか⁉」

屈強な体軀をした男が、野太い声で先頭を歩いている貧相な男を怒鳴った。

「これだけ捜していないんだ。それしか考えられない！　昨日、娘が言った話をお前も聞いただろうが」

「そりゃ、道ばたで眠りこけていたのを見つけたのは俺だがよ。だが、目が覚めた途端、私は魔女に会ったなんて言われてもなぁ」

(――え……？)

男の言葉に、リアンヌは瞠目した。

娘という言葉に、昨日助けた少女が思い浮かぶ。

(もしかして、あの子……？　でも、記憶は抜いたはずよ)

そんなはずないと考えを否定するも、だとしたら彼らが今、森にいる説明がつかない。

「しかも、その夜、母親が死んじまって。そうしたら、あの馬鹿、母親が死んだのは魔女が薬をくれなかったせいだとわけのわからんことを言い出しやがって……っ」

悲嘆に暮れる男の声は、悲壮感に満ちていた。あの顔は、少女の記憶にあった父親だ。妻に死なれ、娘までをも失おうとしているのだ。

（でも、薬をくれなかったって、どういうこと？）

薬は確かに少女の手に持たせた。しかし、少女はもらえなかったと言ったのだ。

注意深く人間たちの様子を窺っていると、「あの男、様子がおかしい」とラーシュレイフが耳打ちしてきた。

大柄な男は見るからに、よそ者の風貌をしていた。その後ろに続く者もそうだ。

彼らは冒険者か、賞金稼ぎだろう。魔女を狩れば名も上げられ、あわよくば羽根も奪えると考えているに違いない。その途中で、道ばたで薬を持って倒れている少女を見つけたのだろう。

「薬とはリアンヌが持たせたものだろう。十中八九、あの男が盗ったな」

「なんてひどいことを」

あの男がくすねたために、少女の母親は命を縮めてしまった。

薬のことを知らない少女は、母親の死をリアンヌのせいだと思うことで、無念から目を逸らそうとしているのだろう。

「でも、どうして？　記憶は抜いたはずなのに、私とのことを覚えているなんて」

困惑すると、ラーシュレイフは考え込むように視線を横に逸らせた。

「あの少女も魔力を持っているのかもしれない」

ラーシュレイフの言葉にはっとする。

言われてみれば、なんの力もない子どもが、樹海を歩いてこられるわけがない。

本人は気づいていないだけで、潜在的な魔力を秘めていたのだとしたら、記憶の根が残った可能性もある。

レグナルドのことも気がかりだが、少女の行方も心配だ。

今の森は人間たちには危険すぎる。

幸い、男たちにリアンヌとラーシュレイフが近くにいることは気づかれていない。二人はそっとその場から離れた。

「捜し人が二人に増えたな」

「……ごめんなさい。あなたにまで迷惑かけて」

「どうして？　俺は嬉しいよ。ようやくあなたの手助けができるんだ」

頼もしい言葉が胸を打つ。

嬉しいのに、素直に喜べない。どんな顔をしていいかわからなかった。

（また嘘かもしれない）

そんなことを思ってしまう自分がひどく卑しくすら感じた。

何も言えないでいると、リアンヌの葛藤を感じ取ったのか、ラーシュレイフが「……本当にすまなかった」と詫びた。

リアンヌは無言で首を横に振る。

はあまりにも不公平だ。

ずるい聞き方をする。自分は本心を見せないくせに、リアンヌには心を見せろというのはあまりにも不公平だ。

「今はレグナルド様と少女を探すことだけに集中させて」

ラーシュレイフとのことは、そのあとゆっくり答えを出せばいい。——いや、リアンヌが見ようとしていないだけで、答えならもう出ているのかもしれない。

自分たちのことでなければ、あんなに自然と話すことができるのに、恋心が絡むと途端に難しくなる。重苦しい雰囲気は、リアンヌをいたたまれなくさせた。

「これが片付いたら、話したいことがあるんだ」

「——うん」

彼がヴァリダ王なら、リアンヌが口を挟むことはできない。

だが、羽根を渡すことは決められていたことだとしても、不安はあった。

羽根を失ったら、ラーシュレイフはリアンヌから離れて行ってしまう。

(そんなの……嫌)

なぜラーシュレイフは妖精にしか興味を持ってくれなかったのだろう。彼だけではない。レグナルドもシャンテレーレにしか関心がない。羽根も魂も間違いなくリアンヌの一部なのに、二人が見ているのは別のものだ。

彼らを振り向かせるだけの魅力はリアンヌにはないのだと、否が応でも痛感させられた。

でも、その努力をしてこなかったのも、またリアンヌ自身だ。

ラーシュレイフを好きになって、はじめて誰かに好かれたいと思った。けれど、リアンヌにはその方法どころか、こじれた関係の直し方すらわからない。身体に負った傷なら癒やせるのに——。

どうしようもないことだと、諦めるしかないのだろうか。

リアンヌとラーシュレイフは、再びグラテナに乗って森の捜索を開始した。

森の奥へ進むほど、瘴気が濃くなっていることに、リアンヌは表情を強ばらせた。

「子どもの足ならさほど奥へは行ってないだろう」

「だといいのだけれど……」

歯切れの悪いリアンヌの口調に、ラーシュレイフが訝しむ。

「何を心配している？」

「……森の奥には、おそらく魔獣がいるわ」

「結界から出てきた奴らか？」

リアンヌは苦しげに眉を寄せて、首を横に振った。

「そこまではわからない。もしかしたら、結界の綻びが大きくなっているのかも。それとも、森の妖精たちがレグナルド様の怒りに触発されて」

「妖精王レグナルドか。あれの魔力に触れたら、低級の妖精は引きずられるだろうな」

「思い出したの？」

レグナルドを知っている口調に目を瞬かせると、ラーシュレイフが苦笑した。

「いや、前に思い出したきりだ。けれど、言っただろう。レグナルドの魂は強い想いで繋がれていると。あれは昔から妹を溺愛《できあい》していた。だが――、あぁクソ。その先が思い出せない」

苦しむラーシュレイフの代わりに、リアンヌが話の続きをした。

「ヴァリダ王は、妖精王女のシャンテレーレと恋仲になり、人間と妖精の平和と共存を望んだの。シャンテレーレも彼の想いに応えようとして、和平の証として妖精の羽根を渡した。婚姻が終わったのちに、もう片方の羽根を渡すことを約束していたわ」

だが、レグナルドはこの約束を好意的に受け入れることができなかった。

妖精が羽根を失うことは消滅することを意味している。たかが人間のために、なぜ最愛の妹が命を落とさなければならないのか。

シャンテレーレは人間に騙されている。

何度もそう説得するも、シャンテレーレはレグナルドの話に耳を貸さなかった。

最愛の妹が自分よりも人間を選んだと思い知らされ、彼は絶望し、魔獣へ堕ちた。

シャンテレーレの心を奪った人間への憎しみは、穏やかだった妖精王の心を蝕み、怒りと憎悪で満たされた。魔獣と化したレグナルドは、咆哮を上げながら人間を襲うようになったのだ。

「……だが、ヴァリダ王は約束を果たさなかったのだな」

ラーシュレイフの言葉にリアンヌが頷いた。

「そうよ。シャンテレーレが作った結界は、一瞬で人間国にいた魔獣を一掃し、結界の外へと追いやった。そのとき、レグナルド様の魂も肉体から切り離したの。人間たちは妖精の羽根の威力に目が眩んでしまったのね。羽根さえあれば、魔獣たちに怯えずにすむと思ってしまった。シャンテレーレを結界の縁へと追い詰め、羽根を渡すよう強要した。約束を反故にされたシャンテレーレは森を築き、身を隠したの」

「なぜ、妖精国へ戻らなかった。自分の羽根で作った結界なら戻れただろう」

「無理よ」

そう言って、リアンヌは首を横に振った。

「シャンテレーレは、人間に加担し妖精たちを脅かした裏切り者となってしまったもの。もう妖精国に居場所はないわ。それでなくとも、美しかった国は荒れ果て荒野や砂漠と化していた。魔獣は妖精たちの怒りの姿なの。土地を侵略され、妖精の力を道具と見なし、無作為に命を刈り取られた彼らの無念が魔獣を生むわ。これが、人間と魔獣との戦の始まりよ」

「魔獣は俺たちが生み出した……」

そう言ったきり、ラーシュレイフは何かを考えるように押し黙った。

リアンヌも、どんな言葉をかけていいかわからず無言になる。

これまで、人間たちは魔獣を悪だと決めつけていた。しかし、蓋を開けてみれば、魔獣を生み出すきっかけを作ったのは人間たちだった。

自分たちの過去を知り、どんな気持ちでいるのだろう。

(聞かなければよかったと後悔している？)

それとも、新たな道を探るきっかけとなっただろうか。

遥か昔のように、人間と妖精が共存する世界になればいいのに。

それが、シャンテレーレがヴァリダ王と夢見た世界だ。そのためにも、今夜この森で人間を死なせるわけにはいかない。

(どこにいるの？)

辺りは鬱蒼とした景色が広がっていた。足下を照らす発光苔の青白い光が、森をさらに陰鬱《いんうつ》なものへと見せていた。

こんな場所に子どもが一人で入ったのなら、心細くて仕方ないだろうに。

グラテナが首を右に左に曲げなら、少女の気配を探していた。

(この辺りにはいないのかしら)

別の区域を探そうかと思っていたところで、グラテナが勢いよく駆け出す。

ついに見つけたのだろうか。期待に胸を膨らませながら、グラテナが向かう方向に目を凝らす。すると、小さな光が見え隠れしながら動いているのが見えた。

(何かしら。青白い光……？)

森の妖精とは違う色味に不審を抱く。何かとてもよくないものに感じた。

「――て、本当に魔女のところへ連れて行ってくれるの？」

幼い少女の声が聞こえてくる。どうやら少女はあの発光体を追いかけているようだ。あの動き方は妖精に間違いない。そして、少女にはやはり魔力があるのだ。妖精もそれを知り、少女を弄《もてあそ》ぼうとしているに違いない。

だが、あの方向にリアンヌの住処はない。あるのは、樹海の深淵《しんえん》だけだ。

もしやあの青白い光は、少女をそこへ誘おうとしているのではないのか。

「グラテナ、急いで！」

ひと鳴きして、グラテナがさらに速度を上げた。そのときだった。

――妖精の誇りを失った愚か者めが。消え去れ。

馴染んだ気配を感じた直後、視界に小さな黒い物体が飛び込んでくる。瞬間的に膨らんだ強大な魔力の前に、青白い光を纏わせた妖精は、甲高い悲鳴を上げながら霧散した。

（――あ……）

木の枝の上から消えていく光を睥睨《へいげい》しているのは、レグナルドだった。

一対の金色の双眸が、夜のしじまに光っている。

『森がざわめいていると思えば、人間の匂いがぷんぷんするではないか。見ろ、奴らの私欲に影響された妖精たちを』

そう言って、レグナルドはまだ浮遊している青白い光を一瞥した。

黒猫姿を見た途端、リアンヌの全身に歓喜と安堵が広がった。

「猫ちゃん？」

少女は突如現れたしゃべる猫にきょとんとしている。

レグナルドはゆらり、ゆらりと優雅な尻尾を揺らしながら、ふんと少女に鼻白んだ。

『女児よ。魔獣の餌食《えじき》になりたくなければ立ち去れ』

あのつれない仕草、レグナルドに違いない。

魔獣になっていなかった。

（――よか……た――ぁぁ……）

全身から力が抜けるほど、嬉しかった。胸の奥が熱い。身体中に広がる安堵に、シャンテレーレの魂も不安を感じていたことを知った。

「レグナルド様！」

名前を呼びながら夢中で手を伸ばす。いつもなら腕を広げたら飛び込んできてくれるのに、レグナルドは枝の上でそんなリアンヌを静観していた。やがて立ち上がると、くるりと身を翻《ひるがえ》した。

「やだ、レグナルド様！　行かないで！」

焦ったリアンヌがグラテナからずり落ちそうになると、ラーシュレイフが慌てて後ろから抱きとめた。先に地面へ降り立ち、今にも飛び降りようとしているリアンヌに手を貸す。礼を言うのももどかしいとばかりに駆け出し、地面に降りてきた小さな身体を滑り込みながら捕まえた。

『にゃっ！』

柔らかい毛並みに思いきり頰ずりして、レグナルドの存在を確かめる。

「レグナルド様、あぁ……よかった!!」

『な、何をする！　く、苦しいだろうが。放せッ!!』

「いやですっ、絶対にもう放しませんっ!!　どれだけ心配したと思ってるんですか！」

ぎゅうぎゅうにレグナルドを抱きしめるリアンヌと、その腕から逃れようと前脚で顔を押しのけようとするレグナルドの攻防が続く。

「ごめんなさい。私が至らなかったんです。もっとレグナルド様の気持ちに寄り添うべきだった」

『今さら何を――っ。私はお前を許したわけではないぞ！　お前などっ』

全身の毛を膨らませ憤慨《ふんがい》する小さな身体からは、怒りと悲しみが伝わってくる。

（あぁ、私はこんなにもレグナルド様を傷つけてしまったんだ）

けれど、誇り高い妖精王だから、弱音など吐けない。シャンテレーレの魂がラーシュレイフに再び恋をすることを危惧しながらもリアンヌから離れていたのは、同じ理由なのではないのか。

シャンテレーレの魂を持つリアンヌだからこそ、知っていることがある。

「だったら、どうぞ私だけを恨んで！」

レグナルドを再び魔獣になどさせない。シャンテレーレが片羽根を失ってまで、救った魂だ。

「シャンテレーレが人間との和平を望んだのは、レグナルド様を支えたかったこともあるのです。人間との争いで妖精国は荒廃する一途をたどっていました。それでも妖精たちを守ろうとするレグナルド様をシャンテレーレも助けたかった」

『嘘をつくな！　ならば、なぜ人間などに心奪われたりしたのだっ！　私を見限ったのだろう』

「見限ってなどいません！　彼女は和平の証として魔獣の一掃を約束したけれど、それはあくまでも魔獣へと堕ちた妖精たちを救済するためのものだったのです！　シャンテレーレの持つ治癒の力だけが、彼らを救えることをあなたも知っていたはず。その力を人間たちは結界という術に勝手に変えてしまった。……シャンテレーレは、何も知らなかったの」

『――な……に……？』

「シャンテレーレは、あなたたちを助けたかった。……大好きだったから。優しくて強くて頼もしい敬愛する妖精王の兄を、シャンテレーレは誇りに思っていた。だからこそ、自分にもできることをしたいと思ったの」

ヴァリダ王を愛した気持ちも、真実だ。

人間と妖精が手を取り合うことで、共存は可能だと伝えたかった。その和平の証としてシャンテレーレは魔獣の一掃を約束したのだ。

腕の中の小さな黒猫は、ぶるぶるとその身を震わせていた。

『そのような話、信じるものかっ。あやつは何も言わなかったぞ!?』

「……シャンテレーレには、それを語るだけの勇気はもうなかったの。自分の身勝手な行いのせいで、兄を魔獣へと堕としてしまったあげく、結界を張ってしまったから。……すべての憎しみを一身に受けることこそ、自分の犯した過ちへの罰だと思っていた」

そして、人間にとって結界が心の安寧となってしまっている。

「だから、どうかレグナルド様も私だけを恨んでいてください」

レグナルドがいたから、リアンヌは広い森でも寂しくなかった。彼がシャンテレーレの魂を守っているだけなのだとしても、リアンヌにとって彼は唯一の家族だった。

放さない、とばかりに強く抱きしめる。

「レグナルド様が大好きなんです」

『――ッ』

「私の大事な家族です」

『お前のそういうところは、シャンテレーレによく似ている。小癪《こしゃく》で……』

腕の中で暴れていた猫が、悔しそうな声で呻くと大人しくなった。

わかってくれた。

そう思い、立ち上がったときだ。

「きゃ！」

背後からぶつかってきた者に身体を押された。地面に転がる寸前にラーシュレイフが支えてくれたが、そのとき足を捻ってしまった。振り返ると、あの少女が立っていた。

「あなたのせいだ」

少女はリアンヌを見るなり、みるみる怒りの表情になった。やはり、覚えていたのだ。

「お母さんを助けてって言ったのに！　どうして薬をくれなかったのっ！」

ぶつけられた罵声《ばせい》に、リアンヌは視線を伏せた。

「それは違う」

ラーシュレイフが間に割って入ろうとしたが、リアンヌが首を振って押しとどめた。

(言わせてあげて)

誰かに悲しみをぶつけることで少女の心が楽になるのなら、そうしてあげたい。彼女の母親を助けなかったことへの報いだと思えばいい。

「しかし」

「いいの」

不満そうなラーシュレイフに小さく笑い、少女へと向き直った。

「――ごめんなさい」

「謝ったってお母さんは戻ってこないんだよ！」

その直後だ。地団駄を踏む少女の黒い影が唐突に膨らみ出した。

風もないのに樹海がざわめき出すと、少女から生温かい気配が流れてきた。身体に纏わり付くような不快感と、鼻を突く腐敗臭《ふはいしゅう》に、浮遊していた妖精たちが散り散りになって逃げていく。

『やばいぞ』

レグナルドの緊張した声に、リアンヌも顔を強ばらせた。

瘴気に満ちた場所は、容易に怒りを何倍にも増幅させる。

それは、人間も例外ではない――。

これまで人間の立ち入りを禁じていたからこそ、彼らは魔獣へ堕ちなかっただけだ。そして、シャンテレーレの想いを受け継ぐリアンヌたちが森に迷い込んだ人間を介抱し、森の外に出していたこともだ。

魔獣は誰の心にもいる。

闇を膨らませるのは、幸福で心を満たすことよりずっと簡単なことなのだ。

「駄目よっ。それ以上、怒りに囚われたら、あなたは魔獣になってしまう！」

「うるさいっ!!」

少女の怒声と共に、影が爆発的に大きくなった。

破裂しそうな影を見て、咄嗟にラーシュレイフが身を強ばらせるリアンヌを抱き込み、衝撃波に備えたがいっこうにそれは来ない。

顔を上げれば、レグナルドが少女の影を呑み込んでいた。

「レグナルド様っ！」

『……ぐ、あぁ……っ!!』

呻き、今度はレグナルドの影が大きくなっていく。レグナルドの力でさえ、少女が母を思う気持ちから生まれた憎悪を抑え込めないのだ。

『それを……遠ざけろっ』

レグナルドが目を剝き、意識を失い倒れている少女を見た。レグナルドの怒声に反応したのは、ラーシュレイフだった。弾けるように飛び出し、少女を抱えるとグラテナの背中に乗せた。

リアンヌは、茫然とその場に座り込むことしかできなかった。

（あ、あぁ……そんな）

どんどん膨張していく影はまるで積乱雲のように盛り上がり、巨大化していく。小さな身体が苦しみ悶えていた。

「そんな……駄目。レグナルド様、もうやめて！　お願い、影を吐き出してっ!!」

これ以上、少女の闇を取り込み続ければ、レグナルド自身も魔獣となってしまう。

「レグナルド様!!」

『に……ゲ、――ロッ』

「駄目っ、いやぁ!!」

叫び、レグナルドへ駆け寄ろうとすると、ラーシュレイフに抱きとめられた。

「リアンヌっ、近づいては駄目だ!!」

「どうして!?　だって、レグナルド様が苦しんでいるのにっ!!　助けなきゃっ。私なら助けられる！」

彼を失えば、今度こそリアンヌは一人ぼっちになってしまうだろう。

リアンヌの必死な思いを嘲笑うかのように、黒い影は小さな黒猫の姿をも呑み込んでしまう。

彼の身体を取り込んだことで、影は猛烈な速さで膨らんでいった。

「いや……噓。レグナルド様っ！」

泣き叫ぶリアンヌの脇をグラテナが放った炎が地面を走っていく。

リアンヌたちと影の間に人の背丈の倍はある炎の壁が形成された。

そこへ遠くから少女を探しにきた者たちの声が聞こえてきた。

「あ、あれはなんだ!?　ひぃぃぃっ、こっちに来る！」

「おい、呑み込まれる前に逃げろっ！」

「ま、待ってくれ！　でも娘がまだ」

「そんなこと、知ったこと……、ぎゃぁぁぁ――ッ！」

森よりも大きくなった黒い影に男たちが次々と呑み込まれていった。辺りに阿鼻叫喚《あびきょうかん》の声が響く。

闇は空を覆うほどにまで成長していく。

真っ黒な暗雲に覆われ、辺りが闇に沈む。

不気味さを誘う生ぬるい風が運んできた人間の悲鳴に、ラーシュレイフが警戒心を漲らせた。

「俺たちも逃げるぞ！」

「でも、レグナルド様がっ！」

「この場にいたら、俺たちまで取り込まれる！　一旦引いて、策を練るんだ！」

本当にそれでいいのだろうか。

レグナルドは一人、闇と戦っているのに？

彼が少女の闇を呑み込んだのは、なぜ？

(私たちを、この森を守ってくれようとしたからではないの……？)

シャンテレーレのことを想って四百年も生きてきた人だ。彼女がこの森に託した願いも、レグナルドはきっと正しく理解しているのだろう。

人間と妖精はもう一度、手を取り合うことができる。

そう願った最愛の妹の願いを、彼なりに叶えようとしていたのではないのか。

考え込むリアンヌに、ラーシュレイフが不安そうな顔をする。

「リアンヌ？」

それに、くじいた足では速く走れない。治癒は自分には使えないからだ。

膨張し森を呑み込み続ける黒い影が、レグナルドの抱えていた闇を完全に取り込んだとき、結界をも打ち破るほど凶暴な魔獣となるだろう。

残された道はただ一つ。

「何をしている!?　走れ！」

必死な形相で励ますラーシュレイフに泣き笑いを浮かべながら、首を横に振った。

(シャンテレーレ、私もあなたと同じ選択をするわ)

羽根を使って、もう一度レグナルドを助けてみせる。

「リアンヌ……？　何をしている」

覚悟を決めれば、心は驚くほど凪《な》いでいた。

微笑を浮かべるリアンヌとは反対に、ラーシュレイフの表情はみるみる強《こわ》ばっていく。

「何を……しようとしている。リアンヌ、やめろ」

「ここより先は、あなただけで行ってください」

そう告げて、リアンヌは妖精の力のすべてを解放した。

(シャンテレーレ、起きて――！)

呼びかけに応えるように、身体の奥底にあったパンドラの箱がゆっくりと開いていった。

すると、薄桃色の光に可視化された力が全身を包み、赤毛が宙にたなびき、虹色の羽根が広がる。緑色に変わった瞳で、ラーシュレイフを見つめた。

「あなたは……」

愕然となり、目を見張りラーシュレイフがそう呟いたきり、絶句した。

「ヘルマン・ラーシュレイフ・オーベリン。あなたに羽根を授けます。結界となった羽根の真の姿は盾。そして、これは剣となり、この世界にある命すべてを守るでしょう」

リアンヌとは明らかに違う優雅な口調に、ラーシュレイフが息を呑んだ。

「シャンテレーレか」

盾は命を守るために、剣は悪を浄化するためにヴァリダ王に託されるはずだった。人間の欲に染まったことで、盾は人間だけを守るものへと姿を変えてしまったが、ラーシュレイフなら正しく二つの力を使えるはずだ。

「シャンテレーレ、待て。待ってくれ！　駄目だ。リアンヌはどうした？」

シャンテレーレが成そうとしていることを理解したラーシュレイフが身震いした。

「結界はもう長くは持たないでしょう。どうか、この剣ですべての命を守って」

「駄目だ、シャンテレーレ。やめてくれ、リアンヌの羽根を取るな!!　彼女さえいてくれれば、それだけでいいんだ！」

シャンテレーレが切なげに目を細めた。

非情な言葉は、なんて甘美な歓喜を与えてくれるのだろう。

――私はこの言葉を聞きたくて、四百年待っていた気がする。

愛しい人にこれほどまで思われるリアンヌを羨ましいと思う。

彼女はラーシュレイフの想い人が別にいると頑なに信じ込んでいるようだが、いずれ真実の想いを知るだろう。

叶うなら、森の中で静かに暮らさせてやりたいと思う。

しかし、これはリアンヌの望みでもあるのだ。

徐々に光が強くなり、ラーシュレイフは手で光を遮りながらも、リアンヌへと手を伸ばす。

「――ありがとう」

どうかリアンヌを愛してあげて。

大丈夫。きっとあなたたちの願いは叶うわ――。

その言葉を最後に、光は弾けた。

第七章　再生の朝

　光が収まったとき、リアンヌの姿はなかった。

　彼女が立っていた場所に残っていたのは、見事な装飾を施された純白の長剣。

　目の前で起こった出来事が、何一つ理解できない。

「……リアンヌ？　どこだ？」

　ラーシュレイフの震える声に、応える者はいない。

　眼前には、依然として炎の壁がそびえ立っている。その奥には巨大な黒い影が迫ってきていた。少女を背に乗せたグラテナが、鼻先で剣をラーシュレイフへと押し出した。ラーシュレイフに、剣を取れ、と言っているのだ。

（なぜなんだ……）

　世界の平和など、心底どうでもいい。魔獣へと変貌したレグナルドがもたらす破滅がどれほど凄惨《せいさん》なものだろうと、リアンヌがいない世界以上にひどい現実があるわけがない。

羽根をすべて失った妖精の結末は、無のみ。

魂すら消滅し、消えてなくなるのだと教えてきたのはレグナルドだった。

あのときから、ヴァリダ王の葛藤は始まったのだ。

人間と妖精の和平を築けば、シャンテレーレは消えてしまう。

共存する未来を夢見た彼女を裏切り、敵対する道を選べば、シャンテレーレは羽根を失う必要もなく、命だけは助けることができる。

究極の選択に、ヴァリダ王が出した答えは後者だった。

だが、会えなくてもどこかで生きていてくれればなどという生ぬるい妄想は、所詮は自己満足でしかなかった。その後、ヴァリダ王はどうなった？

シャンテレーレと対峙したことで、ラーシュレイフの中に眠っているヴァリダ王の魂が目覚めたのだ。

（――すべて、思い出した……）

だから、今度こそ間違わないと決めたのだ。

彼女を得られるなら、すべてを犠牲にしよう。

（あぁ、俺もまた魔獣だった）

四百年前、壊れた魂に巣くった魔獣は、猛烈にリアンヌだけを求めている。

リアンヌはどこへ行った。なぜ、彼女が犠牲にならなければならない。

――使命なんてクソ食らえだ。

「あ、あぁぁぁ――――っ!!」

ほとばしった慟哭が、森に木霊する。膝をつき、拳を地面に叩きつけた。

悲嘆に暮れている間も、グラテナに身体を押され続ける。

ひたすら剣を取れと言ってきた。

「は、はは……」

自分などより、グラテナのほうがよほど人間味がある。

リアンヌの心を理解しているじゃないか。

「そんなにこの世界が大事か」

地を這うような声で、グラテナに問いかけた。

愛する者を失ってでも守るべきものだと、お前は思うのか。魔獣は心の闇に堕ちた末の姿だというのなら、グラテナのもとの姿はなんだったのだろう。

グラテナの赤い色の目が、真っ直ぐラーシュレイフを見据えていた。

泣き言はいらない。そう言いたいのだろうか。

歯を食いしばり、剣に手を伸ばした。はじめて手にしたとは思えないほど、ラーシュレイフの手によく馴染んでくる。鞘から引き抜けば、リアンヌの羽根と同じ、薄桃色をした光の粒子が舞った。

（あ、……あ、あぁ――ッ！）

森を呑み込む黒い影を睨みつける。

ラーシュレイフは立ち上がり剣を構えると、一気に斬りかかった。

飛び上がり、黒い影を真っ二つに切り裂く。

咆哮とも音ともわからないものが森に轟《とどろ》いた。

が、影は再び一つになろうとしている。舌打ちして、もう一度構え直した。

（すべての命を救えだと――？　どうすればいいんだ）

黒い影はいまや少女の憎悪とレグナルドの抱く人間への怨嗟だけでなく、妖精たちをも呑み込み始めていた。さまざまな悪を吸収し増幅していく姿は醜く、瘴気をも放っていた。

形を成さない影はおどろおどろしく、恐怖を煽る。

だが、これこそ欲の具現化した姿なのだろう。

ラーシュレイフを守るようにして生み出されるグラテナの炎は、瘴気をも焼き消した。

熱風がラーシュレイフの髪をたなびかせた。

黒い闇の地鳴りみたいな咆哮が、世界を揺らす。

肌を刺す威圧感に、ラーシュレイフの戦意はますます煽られていった。

（あぁ、思い出す……）

ラーシュレイフの魂がヴァリダと呼ばれていた頃、自分は戦いの中でしか、己の存在意義を確かめられなかった。

魔獣を討伐しながらも、人ならざる者の声を聞くことのできた自分は、彼らから魔獣の急所を聞き出しては討伐し、名を上げた。

ならば、その逆もできるはず。

(俺の声に応えろ——、妖精王よ)

お前は、そんな無様な姿で終わる男なのか。

シャンテレーレの笑顔を曇らせたまま消えるつもりか。

最愛の妹の願いを守るため、四百年もの間、その使命の一端を担ってきたのだろう。

お前の愛の形を見せてみろ。

黒い影から繰り出されるものを剣で切り払いながら、急所を探す。手応えのない戦闘は、ラーシュレイフの体力を容赦なく削っていった。

まだ、レグナルドの声は応えてこない。

リアンヌが託してくれた羽根の剣だけでは、レグナルドの心は闇から引き戻せないのか。

「手にしたのか」

空気を震わせた見知った声に、ラーシュレイフははっと視線を向けた。

佇んでいたのは、黄金色の長髪をした美麗な男だ。

優美さの漂う端正な顔立ちに、氷のように涼しげな双眸。ラーシュレイフより頭一つ高いレグナルドを見て、ラーシュレイフは冷笑を浮かべた。

過去、何度この男に嫉妬の炎を燃やしただろう。

シャンテレーレが兄だけに向ける笑顔に、ヴァリダ王は恋に落ちた。敵対する種族だろうと関係なかった。

あんなふうに笑いかけてもらったなら、どんな気持ちになるのだろう。

当然のこととして、彼女の笑顔を受けるレグナルドが妬《ねた》ましくて、どうにかして彼女の目に映りたいと画策した。あの当時も自分は必死だった。

そして、今よりもずっと姑息《こそく》で狡猾《こうかつ》だった。

疎ましさしかなかった魔力が、彼女の興味を引いたことを皮切りに、ヴァリダ王はシャンテレーレとの親交を深めた。

大した人格者でもないくせに、シャンテレーレの前では善良な人間であるかのように偽り続けることに、躊躇《ちゅうちょ》も後ろめたさもなかった。

欲しいものはどんな手段を使ってでも手に入れてきたからだ。

だが、いつの頃からか、彼女の目に映る自分を本物にしたいと望むようになり、シャンテレーレに近づくためだった口実を現実のものにしたいと願うようになった。

妖精との共存が叶えば、自分たちはなんの障害もなく未来を歩むことができるからだ。

しかし、ヴァリダ王の浅はかな目論見など、レグナルドに見透かされていた。

――お前もまた永劫の苦しみを味わうがいい……っ！

結界で身を滅ぼされる間際にレグナルドが吐いた、呪詛《じゅそ》めいた言葉の意味を知ったのは、そのあとのことだ。

だが、ラーシュレイフにとってはすべて過去のことだ。

自分はヴァリダ王ではないし、愛しているのはリアンヌだけ。

「待ちくたびれたぞ、妖精王」

「記憶を取り戻したか。忌々しい」

嫌そうな口ぶりでありながらも、高貴さを感じさせる声音を耳にするのも、実に四百年ぶりだ。金色の双眸が、ラーシュレイフの持つ剣に向けられると、わずかに痛ましげな顔になった。

そして、すべてを知る目が、黒い影を見やった。

「随分と醜悪になったじゃないか。さて、私の憎悪はどの程度を占《し》めているだろうな」

くつくつと笑う顔は、ぞんがい楽しげに見えた。

「永劫《えいごう》の苦しみは味わえたか、ヴァリダ王よ。シャンテレーレを失い狂ったか？」

「今はお前と無駄話をしている暇はない。あれの急所はどこだ」

一蹴すると、レグナルドが涼しげな目を驚きのために見開かせた。

「なるほど。お前はヴァリダ王とは少し違うようだ。――よかろう、決着をつけよう」

レグナルドが手を翳すと、刀身が金色へと染まっていく。

「あれほど膨らんだ闇は、シャンテレーレの治癒でも救えない。そして、影は本体を消せば消える。お前に魂の核が見えるか」

「あぁ、見えている」

刀身に力を与えた意味を、ラーシュレイフは正しく理解していた。

ラーシュレイフの目の前にいる姿こそ、レグナルドの魂の核だ。

レグナルドがこの場に姿を見せたのなら、今さら了承を得る必要はない。

「やれ」

次の瞬間、ラーシュレイフは剣を妖精王の胸に突き立てた。

キン……と空気を裂く音がした一拍後、黒い影の動きが止まる。ややして、影は音もなく霧散していった。

空を覆っていた暗雲が消え、いつの間にか空が明るくなり始めていた。レグナルドは胸に突き刺さった羽根の剣を見て満足げに微笑むと、ゆっくりと空を見上げた。

「朝焼けか。久しく見ていなかったが、いいものだな」

森の隙間から見え始めていた太陽に目を細めたレグナルドは、その言葉を最後に消えた。

なんてあっけない幕引きだったのだろう。

「……ぅ、――いったいなんだったんだ……」

「嘘……だろ。俺たち、生きてる」

闇が消えたことで、取り込まれていた人間たちも解放されたのだ。

「娘はっ？　俺の娘はどこだ!!」

人間たちの声の中には、少女の父親の声もあった。

悲痛な声に、グラテナは父親の近くへと少女を咥えて行った。

「う……わぁぁっっ！　魔獣だ!!」

グラテナの姿を見た男たちが悲鳴を上げた。闇に呑み込まれた直後だ。戦意など喪失しているのだろう。「逃げろッ！」と悲鳴が上がった直後、グラテナがラーシュレイフの真上を飛び去って行った。人間たちの足音もみるみる遠ざかっていく。

やがて誰もいなくなった。

ラーシュレイフは、ゆっくりと空を仰ぎ、レグナルドが見た朝日を眺めた。


――また自分は失ったのか……。

胸に染みる朝日の眩しさが、リアンヌをなくした侘しさを際立たせる。

心がやたら寒々しい。この虚しさに覚えがある。

リアンヌと出会う前に抱えていたものと同じ——、いや、それ以上だ。

なぜ自分だけがここにいるのか。

（……リアンヌ……？）

なんのために、もう一度生まれてきたのだろう。

両羽根を失った妖精は、消滅する。

残酷な事実に、ラーシュレイフは震え上がった。

（嘘……だ——）

側にいたい。リアンヌを笑顔にしたいんだ。

なのに、——また剣だけが地面に残った。

『——ありがとう』

あれを告げたのは、シャンテレーレか。リアンヌなのか。

何に対しての感謝だったのか。

リアンヌがさよならも言わず、消えるわけがないだろう。

ラーシュレイフはそれを鞘に収めると、ゆっくりと歩き出した。それは、すぐに駆け足になり、やがて全力疾走となった。

向かう先は、リアンヌの住処。

「リアンヌ、どこだ？　――ッ、返事をしてくれ！」

叫びながら、森を駆け抜けた。時折、木の根につまずき、転びかけては、またひた走る。

きっと、住処に行けば、リアンヌが出迎えてくれる。

消えたなど、俺は認めない。

俺を一人残して逝《い》くなど、許さない。

「愛してる！」

君を愛している。

だから、可愛らしい顔を今すぐ見せて。

鈴の音みたいな愛らしい声で「ラーシュ」と呼んで。

だが、ラーシュレイフは燃えさかる彼女の住処を見て、絶望に喫した。

「――嘘……だ」

轟々《ごうごう》と炎がうねりを上げ、すでに家の一部が崩れ落ち始めていた。

誰だ。リアンヌの住処に火をつけたのは。

森にいた人間たちの仕業なのか……？

思いつく存在など、それくらいしかなかった。命があるだけでも幸運なのに、なんの権限があってリアンヌから奪う。

「おの……れ、おのれぇぇぇ——ッ!!」

人間は、まだリアンヌを苦しめるのか。

炎はまるで意思を持っているかのように、家を呑み込んでいく。

愛した人との大事な場所が、失われていく。

自分は、また一歩及ばなかったのか。

「リアンヌ……ッ」

諦めきれなくて炎の中に飛び込もうとしたところを、戻ってきていたグラテナに首根っこを押さえられた。

「離せっ！　どうして止めるっ。リアンヌの大事な場所が燃えているんだぞ！　お前は悔しくないのかっ!?」

魔獣に八つ当たりしたところでどうにかなるわけでもないが、何かに不満をぶつけなければ耐えられない。

「なぁ、離せよ……っ。俺はもうリアンヌがいない時間を一秒だって生きていたくないんだ。あの子が消えたのなら、俺も消える。そして、必ずまた同じ時代に生まれてみせる」

だから離せとグラテナに訴えた。

「グラテナ、いい加減にしろっ!!」

四肢をばたつかせると、グラテナは首を捻ってぽいっと後方へ飛ばした。地面に身体を強《したた》かに叩きつけられ恨めしげに魔獣を睨むも、当然そしらぬ顔をされた。

「嘘……だぁ……」

悔しくて、情けなくて、起き上がる力も湧いてこない。ラーシュレイフは四肢を丸めて地面に蹲《うずくま》りながら、後悔を吐き出した。

「俺は、あのときからずっと悔やんできたんだ。なぜ、あなたの手を取らなかったのだろうと！　どうして、あなたへの愛を貫けなかったのかと！　四百年も俺を待っていてくれたあなたに、許してくれなんて言えない。もう一度、俺を待っていてくれと言えると思うか？　ならば、俺が彼女のところへ行くしかないんだ。あなたがいなくなって、俺は狂った。——シャンテレーレ。ヴァリダ王はあなたを愛し続けて死んだ。そして、俺は——リアンヌを愛している。シャンテレーレじゃない。誰にでも優しくて、少し流されやすくて、まったく表情を繕えてない素直なリアンヌが愛おしいんだ。だから、俺も彼女のもとへ逝く。二度と孤独の中にいさせない！」

ラーシュレイフは、わぁぁ、と子どものように声を上げて、泣きじゃくった。

二十七にもなって、こんな泣き方をするなど自分自身、思っていなかった。けれど、リアンヌを思えば幾らだって涙は出るのだ。

もう一度、リアンヌに会いたい。

愛していると告げたい。

抱きしめて、約束を果たさせてほしい。

「羽根なんて……どうでもよかったんだ！」

リアンヌがいてくれさえすれば、世界など滅びてもかまわない。こんな世界、彼女の命と引き換えるほどの価値があるものか！　人間がどうなろうと、彼女が無事ならそれでいいのだ。

なのに、なぜ、また彼女一人が犠牲にならなければいけなかったのだろう。

どうせ消えてしまうのなら、この魂を奪っていってほしかった。

――一緒に死んでほしい、と言ってくれれば喜んで命を差し出したのに。

「わあぁぁぁ――っ!!」

慟哭にいよいよ心が壊れかけたときだった。

土を踏む足音がした。

「……ラーシュ……？」

後ろからかかった声は、幻聴なのか。

ラーシュレイフは自分の耳を疑いながら、おそるおそる顔を上げた。

涙で張りついた土や鼻水で、顔は惨憺《さんたん》たる有様になっている。けれど、そんなことをかまう余裕すらなく、ラーシュレイフは後ろを振り返った。

立っていたのは、気まずげな顔をしたリアンヌだった。

視界に映る存在に、目を見開く。興奮にぶるりと胴震いした。

「あ……あぁ、神よ――」

「あの……どうして、泣いているの？　シャンテレーレが消えてしまって悲しいから？」

「――生きて、る……のか？」

ラーシュレイフの切れ切れな声に、リアンヌが目を丸くさせる。驚いた顔のなんと愛らしいことだろう。

（リアンヌなのか……？　本物の彼女か!?）

声を聞いても信じられなくて、ラーシュレイフは手を伸ばした。

すると、リアンヌが苦笑しながら近づいてくる。

指先が彼女に触れた直後、ラーシュレイフは膝歩きをしてリアンヌの腰に縋りついた。

「リアンヌ……っ、リアンヌ。リアンヌ――っ」

「な、何!?　いったい、どうしたというの？　生きているって、何事？」

「羽根を奪われたら、妖精は消えるんだろう!?　そうあれが言ってた……」

ぎゅうっと抱きつく腕に力を込めた。

くぐもった声に、リアンヌが虚を衝かれた顔になる。

「レグナルド様が？　まったく、あの方は最後まであなたに意地悪だったのね」

リアンヌは優しい手つきで頭を撫で、髪を梳いた。

「私は半分人間だから、消えたりしないのよ」

シャンテレーレの魂が目覚めたのち、リアンヌの意識は途切れた。次に気がついたときには住処の近くに倒れていたのだ。剣に変わったのは羽根であり、リアンヌではない。

『幸せになれ、リアンヌ』

黒い影が消え朝焼けの空をぼんやりと見つめているとき、リアンヌはレグナルドの声を聞いたという。そしてラーシュレイフが現れ、慟哭する様を見て戸惑っていたのだ。

ラーシュレイフは告げられた奇跡に目を剝き、顔を上げれば「驚いた?」と笑われた。そのいたずらが成功したような無邪気な笑顔が眩しくて、また涙が溢れてくる。

「愛している」

今度こそ、嘘偽りのない愛を捧げよう。

二度とこの手を離したりしないよう、心からの愛を伝え続けたい。

「リアンヌ、あなたを愛している。どうか、この先の俺の人生をもらってくれないか?」

今度こそ自分が持っているすべてのものを捧げたい。

この命すら、彼女のためなら惜しくはなかった。

あぁ、そうか。自分はこのために産まれてきたのだ。

愛の告白に、リアンヌは目を丸くさせていた。食い入るようにラーシュレイフを見つめ、その真意を探している。

「私にはもう妖精の羽根はないのよ」

「そんなのいらない」

涙と土で汚れた顔を手で拭いながら、リアンヌが微笑んだ。

その目には涙が滲んでいる。

「……私の手を離さないでいてくれるなら、喜んで」

「もちろんだ」

リアンヌの両手を摑み、強く握りしめたラーシュレイフは、そこに唇を強く押しつける。

「あなたが俺の魂、生きる理由だ」

歓喜に満ちた声音に、リアンヌは花のような笑顔を浮かべた。


――手に入れた。


この瞬間、ラーシュレイフは魂の空虚さが完全に補完されたことを感じた。

手を伸ばして、柔らかな頰を包む。灰色の瞳を見つめるうちに、また視界が滲んできた。

「リアンヌ……」

「はい」

愛しい人の可憐な微笑に、涙を拭うことも忘れて見入る。

頬をすり寄せる姿に、愛しさがこみ上げてきた。

なんて愛おしいのだろう。

彼女を得られるなら、他は何も望まない。

けれど、彼女を幸せにするためなら、きっと自分はどれだけでも貪欲になれるだろう。

すると、リアンヌがくすりと笑った。

「ひどい顔ね。せっかくの美形が台無しだわ」

「そうだな」と目を細め微笑むと、リアンヌの細い指で頬を拭われた。

その優しい感触に、ラーシュレイフはうっとりと目を閉じた。

「ヴァリダ王の魂を持って生まれても、あなたは彼とは少しも似ていない。あの人はこんなふうに取り乱すことなんてなかったもの」

「惨めったらしい男は嫌か？」

問いかけると、「まさか」と軽やかな声でラーシュレイフの不安を笑い飛ばした。

「それがあなたでしょう？」

そう言って、リアンヌのほうから口づけてきた。

「レグナルド様を助けてくれて、ありがとう」

次の瞬間には、その愛らしい唇を貪っていた。

「俺の……だ」

息継ぎの合間に呟き、また深く唇を重ねる。口腔に舌を侵入させ貪った。

「……は、ぁ……ン」

鼻から抜けるような吐息すら惜しくて、右手でリアンヌの腕を掴み、左手は彼女の後頭部に回して、引き寄せた。バランスを崩した華奢な身体が腕の中に落ちてくる。

囲うように抱きしめ、ためらう舌を吸った。

「愛してる。リアンヌ、愛してる……」

息を吐き出すたびに愛の言葉を囁き、失いかけたものの尊さを実感した。

「ま……待って、ラーシュ」

「待てない」

今すぐ柔らかくて温もりのある素肌に触れて、命を刻む鼓動を聞かせて。でなければ、また自分はおかしくなってしまう。

リアンヌの熱に包まれたい。

甘い声を聞きながら、リアンヌのすべてを味わいたかった。

抱きしめている身体をさらに密着させ、形を変えた欲望を押しつける。は……、と興奮した息を零すと、リアンヌの首筋、鎖骨へと唇を這わす。

「だ……め、よ。みんなに……見られ、る」

「誰に？」

「よ、妖精たちとか」

本当は一秒たりともよそに目を向けたくなかったが、視線だけを周囲に向ける。グラテナはこちらの様子を気にすることなく、寛いでいた。戻ってきた妖精たちと首を振って戯れている。

【リアンヌ、結婚するの？】

【リアンヌ、王様と結婚するんだね！】

【リアンヌ、どっちの王様と結婚するの？】

近づいて来た光の球が囃《はや》し立ててくる。だが、もう羽根を持たないリアンヌはその声を聞くこともできなければ、姿を見ることもできなくなっていた。しかし、これまでの経験から近くにいるのは知っているため、「なんて言っているの？」と目で問いかけてきた。

「大丈夫、こっちに気づいていない」

「嘘、そんなわけ――」

「そんなことより、俺だけを見て」

恥じらいに削がれた注意を口づけることで取り戻す。

「リアンヌ……、リアンヌ」

懇願しながら、彼女の身体を撫で回した。

「ふ……ぁ、せめて……木の陰に」

ね……？　と潤んだ目でお願いをされれば、嫌とは言えない。ラーシュレイフはぐっと欲望を堪え、リアンヌを抱きかかえながら立ち上がった。

「きゃっ」

そして、近くにあった物陰に飛び込む。

「や……だ、ラーシュ！」

地面に寝そべっていたグラテナが物音のしたほうに顔を向け、訝しげに首を捻っていた。

「そんな……グラテナが側にいるのに」

「しぃっ、騒ぐと妖精たちに気づかれる」

そう囁き、今度こそリアンヌを貪った。

望み通り木の陰に隠れたが、たまたまグラテナの近くだったということだけ。

これ以上は譲歩できない。

汚れた服をずらし、乳房にむしゃぶりつく。スカートの裾をたくし上げるのも煩わしいくらい、彼女に飢えていた。自分の唾液で指を濡らし、そっと秘部へと挿し込む。

「……んっ」

「ごめん。優しくできない……かも」

欲望が張り詰めすぎて痛い。

ラーシュレイフも劣情に目元を赤らめながら、指を蜜穴へ潜らせた。中は熱く、うねっている。鼻で息を吸い込み、興奮に染まった熱い息を吐き出す。

「あ……ぁ、あ……」

リアンヌの吐息交じりの嬌声が、ラーシュレイフを煽る。

今すぐにでも滾る劣情を突き立て、激情のままリアンヌを貪りたい衝動を、渾身の自制心で抑え込む。眉間に皺を作りながら、二本目の指を挿入させた。

その間も、盛り上がった熱塊をリアンヌの身体に押しつける。どれだけ彼女を求めているのかを知ってほしい。そして、同じくらい自分を欲しがって。

中の柔らかな粘膜を擦るたびに、リアンヌの身体がびく、びく……と跳ねる。彼女の気持ちいい場所を重点的に狙っての行為だった。

「はぁ……っ、そこ……、あ……ァ、ン」

彼女が感じていくほど、内壁がとろとろになっていく。粘ついた蜜が手を動かすごとに卑猥な音を立てた。

早く、早く――。

祈るような思いで、リアンヌを追い上げる。

「や……ぁ、イ――く……っ」

小さな悲鳴を上げた直後、秘部が収縮した。

身体が波打ち、灰色の目は快感に蕩けている。

「──っ」

　その心地いい締めつけに、腹の奥底がぎゅっとなる。

「リアンヌ……欲しいって言って」

「あ……」

「中に入っていいと言って」

　木にリアンヌの背中を押しつけ、ほっそりとした左脚を持ち上げると、取り出した欲望の先端を蜜穴にあてがった。

　扱くたびに透明な先走りが溢れるそれは、すでに限界に近い。中の様子を窺うように少しだけ押し入れては、引き抜く。リアンヌがいいと言うまで、欲望と理性が葛藤していた。

　奪うのではなく、愛し合いたい。

　だからこそ、リアンヌの許しが欲しいのだ。

「リアンヌ、駄目か？」

「は……っ、あ……、あっ」

　苦しげに眉を寄せ、中途半端な行為に悶える顔も可愛くて、つい唇を塞いでしまう。舌を絡ませながら、その先をねだった。

「ラーシュ……、は……、く」

「何？」

口づけの合間にリアンヌが求めてくる。欲情に濡れる潤んだ眼差しに、心臓が高鳴った。蜜穴がちゅうちゅうと先端に吸いついてくるのも、愛おしくてたまらない。

「……はや……く、い……れて」

熱っぽい吐息での囁きが耳に届いた直後、ラーシュレイフは一息に欲望を打ち込んだ。全身を駆け抜ける歓喜に、ラーシュレイフは笑みを浮かべた。

「──ぁ、あ……あ──っ」

腕を摑む彼女の手に、ぎゅっと力が籠もる。

そんな仕草にすら、求められているのだという実感を与えられる。

誰よりも優しくて愛おしい、リアンヌ。

あぁ、早く彼女を隅々まで自分のもので満たさなければ。

精を搾り取るように絡みついてくる熱い粘膜を、欲望の赴くまま擦った。箍が外れた欲望は、リアンヌの羞恥心をみるみるそぎ取っていく。

律動につんと尖頂が硬くなった乳房が揺れる。そんな扇情的な姿に、ラーシュレイフの欲望はさらに滾った。

「愛してる。……愛してるよ」

唇が届く場所すべてに口づけながら、愛の言葉を捧げる。しっとりと汗ばんだ肌を舌で味わい、その柔らかな肉を食む。そうやって自分の跡が残っていくのを見ると、ひどく安

心した。

(もっとだ)

「……んぁ、あ……ぁ、んん……っ」

甘い声が、さらにラーシュレイフの劣情を煽った。

腰を振りたくり、貪欲に彼女を食らう。

「やぁ……ふか……い、の……っ」

「気持ちいいよ」

耳側で囁き、耳殻を甘噛みする。きゅっと締めつけてくる秘部に応えるように、今度は緩急をつけて快感を送る。

リアンヌのためなら、自分はきっとなんにでもなれてしまうのだろう。

早く最奥で精を放ちたいのに、もっとこの快楽を味わっていたい。蠕動する粘膜を無理やり引き剝がすように擦る快感が、ラーシュレイフを満たしていく。

そして、リアンヌを再び絶頂へと追い上げた。

自分しか知らない甘美な締めつけが、欲望を限界まで滾らせた。リアンヌの身体を横向きにさせて、力強い律動を繰り返す。

痙攣する粘膜を怒張したもので撫でながら、中をかき混ぜる。

「やぁ……あ、……ぁ!」

悲鳴じみた嬌声が、心も身体も潤していく。彼女の側にいるときだけが、真の自分でいられるのだ。リアンヌへの愛が壊れた心を補完した。

その完成された魂は新たな力を得て、どんな獣へとなったのだろう。リアンヌにだけ従順な魂は、ゆっくりと鋭い牙を彼女の心へ食い込ませていく。

「愛してるよ」

悦楽に飲まれた彼女の耳に、この告白は届いているのだろうか。

(愛してる……)

衣服がずり落ちた背中にはもう虹色の羽根はない。

それはリアンヌが自由を手に入れた証でもあった。

「あなただけを愛してる」

自分の人生は、彼女を愛するためだけにある。

出会えた奇跡にうち震えながら、ラーシュレイフは彼女の中に精を吐き出した。

「愛してる……リアンヌ」

その青い目が金色に輝いたことを、リアンヌが知ることはなかった。

終章　幸福な未来へ

白金色の髪に漆黒を基調とした正装を身に纏ったラーシュレイフの腰には、妖精の剣が携えられていた。

女神像が抱える羽根が入った硝子瓶の前に来ると、剣を鞘から抜いた。すると、羽根が薄桃色に輝き出す。

その光は徐々に大きくなり、やがて溢れた光は柱となって、天を貫いた。

光に共鳴するかのように大聖堂には粒子が煌めき、少女の歌声に似た伸びやかな旋律が響く。煌めきが収まると、硝子瓶に収められていた羽根が消えていた。

何年も見続けてきた女神像を、今また見上げる。

――シャンテレーレ。

女神像の顔は、彼女の面影を色濃く刻んでいた。

よもや、羽根を与えた妖精の姿が誰もが知るところにあるとは、どれだけの者が気づいていただろう。

ラーシュレイフは祭壇に近づき、女神の足下にある飾り扉に手を翳した。すると、それは重々しい音を立てて、何かが外れる音がした。

かつて、自分でかけたものを自分自身で解くことになるなど、当時は思いもしていなかった。

中は暗く、細い下り階段が続いていた。ためらうことなく中に入り、階下へ降りていく。長い間締めきっていたせいで、空気は湿り、淀んでいた。

ややして、階段の先にほのかな灯りが見えた。

たどり着いた場所は、一面肖像画で埋め尽くされた小部屋だ。シェードランプが橙色の光を瞬かせている。四つある中で灯りをつけているのは、一つのみ。

四百年もの間、消えることなく部屋を灯し続けていた魔力で作られた火が、いよいよ消えようとしていた。

空中を漂う埃は、まるで小さな妖精のようにも見える。その真ん中に置かれた玉座には、金色の鎧を纏った人とも獣ともしれない骸骨《がいこつ》が鎮座していた。

体軀は人間に近いが、両手は異様に大きく、長い爪を持っていた。

骸骨に首から上はなく、足下に獣の頭蓋骨が一つ転がっていた。自分と同じ白金色の髪が残っているそれに、改めて過ぎた時間の長さと、憐憫《れんびん》さを思う。

　ぽっかりと開いた頭蓋骨の目が空虚さを伝えてきた。

（あぁ、俺の心はここで壊れたんだった）

　最期に見た光景はなんだっただろう。

　魔獣と成り果て、狂ったまま死んだヴァリダ王の亡骸がここにある。

　土に還ることも許されず、それでもシャンテレーレを想う執念が、魂の復活を望んだ。

　それがとっくに壊れていることを忘れたまま、ラーシュレイフはヴァリダ王の生まれ変わりとしてこの世に生を受けたのだ。

「久しいな」

　懺悔《ざんげ》と悔恨《かいこん》、叶わなかったシャンテレーレとの幸せを妄想することで、犯した罪から逃げた。彼女に剣を向けることが、愛しい人を救う唯一の方法だと信じて疑わなかった自分を嘲笑う。

「愚かだ」

　狂うほど後悔するのなら、国など捨ててしまえばよかったのだ。

　魂だけとなってもシャンテレーレの側にいるレグナルドへの嫉妬が、ヴァリダ王を魔獣へと堕とすトリガーだった。

　呪いのように放たれたレグナルドの言葉。永劫の苦しみを確かに自分は味わった。

魔獣となったヴァリダ王を殺したのは、己自身だ。首を引きちぎることでしか、膨らむ憎悪を止める術がなかったのだ。

愛を望み、愛に焦がれた死んだ憐《あわ》れな男だ。

ラーシュレイフが第一王子として生まれたのも、因果なのだろう。ヴァリダ王が抱いた国への憎悪が、ラーシュレイフに愛国心を抱けなくさせていた。そのくせ、シャンテレーレの近くにいたい気持ちが王子という立場を望んだのだ。

ラーシュレイフは持っていた剣で、頭のない体軀を両断する。乾いた音を立てて崩れ落ちていくかつての自分を尻目に、頭蓋骨にも剣を突き立てた。

異様に発達した犬歯を拾い上げると、ラーシュレイフは消えかけていたランプをもぎ取り、床に放り投げた。すると、火はみるみる床を這い、肖像画に燃え移る。辺りは、一面火の海になった。

リアンヌの住処が火に包まれたときは、あれほどの絶望を覚えたのに、今はなんの感情も沸いてこない。つくづく自分の心はリアンヌにしか震えないのだと思い知らされた。

大聖堂に戻ったのち、ラーシュレイフは地下の入り口への扉を完全に封じた。

魔力で作られた火は、ラーシュレイフが望むものだけを灰にして消えるだろう。ここにヴァリダ王がいたことを知っているのは、自分だけでいい。

この先、自分以外の人間がこの扉を開けることもないだろう。

ゆっくりと女神像を見上げれば、結界を作っていた羽根は完全に消滅していた。力のすべてを結界の修復に使ってしまったからだろう。

近づいて来た人の気配に振り返れば、リミトスが立っていた。

彼は消えた羽根に瞠目し、愕然となっていた。

「兄上……？　兄上なのですか!?　よくご無事で……っ。いつ森から戻られたのです。父上も兄上の帰りを、首を長くして待っていたのですよ。それに、これはいったい――。先ほどの光はなんだったのですか！」

「結界は修復された。しかし、いずれ消滅する」

「な――、んですと。羽根は……魔女は見つからなかったのですね。ですが、あなたは何も変わってない」

魔女の森に入った者が、みな正気を失うことを言っているのだろう。

「あの森に魔女はいなかった。それだけだ」

「ま、待ってください！　羽根はどうなったのです！」

「羽根がないと不安か？」

目を細めて問いかける。リミトスは露わにした不安をさっと隠した。

「よいか、リミトス。人間こそが生命の頂点にあるべきだという考えは驕りだ。あらゆる種との共存の道を模索しろ。それは、つまり国を安寧へと導き、お前を賢王へとするものだ」

「何を言って……」

兄の普段とは違う口調に、リミトスが訝しんだ。

「リミトス、我が弟よ。励めよ」

まるで今生の別れのような言葉に、リミトスが慌てる。立ち去ろうとするラーシュレイフの手を咄嗟に摑んだ。

「待ってください！　今度はどこへ行かれるのです!?　また戻ってこられるのですよね！」

健気な姿に、ラーシュレイフは口元を綻ばせた。

リミトスの真っ直ぐな親愛があったからこそ、自分は王宮の中でも暮らしてこられたのだろう。

「俺はこのまま消える。二度と王宮に足を踏み入れることはないだろう」

「兄上！」

「見つけたのだ」

ラーシュレイフの静かな口調にリミトスが息を呑んだ。

「俺が生きる理由をようやく見つけた。邪魔をするなら、誰だろうと斬る」

その刹那、空色の双眸が一瞬金色に変わった。

「――兄上、……なのですか？」

レグナルドとの決着がついた際、ラーシュレイフは自分という存在が、別のものになっているのを感じた。

ヴァリダ王の魂を完全に目覚めさせ、また新たな存在をも取り込んだ。

魂の核に結びついたのは、強大な魔力の塊。レグナルドの置き土産だ。

とんだものを残していってくれたものだ。

しかし、この力があればどこへ行こうとリアンヌを守り抜くことができる。

最愛の妹を託して逝く兄からの餞別といったところなのだろうか。

ラーシュレイフはその問いに答えることなく、目を伏せた。

「――っ、それでもあなたは私の兄上です！」

ムキになる顔は昔と変わらない。

真っ直ぐな目と、変化を受け止められる柔軟さと器の大きさに、リミトスの兄でいられる喜びを感じずにはいられなかった。

彼は必ず賢王となるだろう。

ラーシュレイフは声を立てて笑いながら、「きばれよ」とリミトスの肩を叩いた。

「私は諦めませんよ！　兄上っ!!」

リミトスの声を背中で聞きながら、大聖堂を後にする。

回廊を歩いていると、王妃が側仕えも連れず歩いてきた。

会うのは何年ぶりになるだろう。

リミトスとよく似た面差しを扇で隠しながらも、その目は強くラーシュレイフを睨んでいた。

「死に損ない」

痛烈な皮肉に、ラーシュレイフがほくそ笑む。

王位継承権も地位もいらないと宣言していても、まだ信用できないらしい。

手のひらに薄桃色の光を作ると、それを王妃へ向けた。

「何を――っ、……」

光はやがて、一本の植物に姿を変えた。

ひょろりと長い茎と葉に、無数の棘がついたそれは、おどろおどろしい姿をしている。

「あぁ、しまった。少し抜きすぎたか」

馴染んだばかりの力の制御は難しい。

記憶を抜くことくらい、今のラーシュレイフには造作もない。レグナルドもこうしてうっかり人間たちを壊していたのだろう。

抜き取ったそれを手の中で燃やし尽くす。消し炭となったそれは風に吹かれて流されていった。

◇
◆
◇

リアンヌは、ラーシュレイフが持って帰ってきたヴァリダ王の遺骨を、シャンテレーレが作った森の中へ埋葬した。

受け取ったヴァリダ王の遺骨を目にしたとき、リアンヌは驚きと寂しさを感じた。

人間のものとは思えないたくましく長い犬歯。それだけで、彼の身に何があったのかは想像がつく。

（お労しい……）

もうすぐリアンヌたちはこの地を離れてしまうから、その前にシャンテレーレたちの恋を成就させてやりたかったのだ。

妖精の力が消えてしまった以上、森に住む彼らの声は聞こえない。

レグナルドもいなくなった今、森に留まる理由がなくなってしまった。

己の痕跡を消そうと、森の住処を燃やしたのはリアンヌだ。

まさかラーシュレイフが戻ってくるとは思っていなかったリアンヌは、彼が燃えさかる家の前で泣き崩れている姿を見たときは、心底驚いた。

その情けない姿に、声をかけることすらためらったほどだ。

たぶん、これまで見た彼の中でも、もっとも惨めったらしい姿だったのではないだろうか。

自分でも時々、どうしてこの人が好きなのか不思議でたまらなくなる。

だが、どれだけ情けなくても、ラーシュレイフという存在すべてが愛おしいのだ。

壊れた心を抱えた彼は、むき出しの愛情でリアンヌが愛おしいと叫んでくる。

むさ苦しいほど狂おしい情熱だが、愚直で一途な恋慕《れんぼ》は、リアンヌをたまらなくさせた。

それに、よく言うではないか。

駄目な男ほど愛おしい、と。

ラーシュレイフは身軽になり冒険者に戻るつもりでいたが、リミトスからの猛烈な懇願に押し負けた国王によって、辺境の地の伯爵位を与えられた。

なんと、その知らせを持ってきたのがリミトス本人で、最後には泣き落としで情に訴えられてしまい、ラーシュレイフも折れるしかなかった。

それでも、ラーシュレイフがリアンヌという最愛の人を得たことを、とても喜んでくれていた。

与えられた伯爵位は爵号だけで領地はなく、屋敷とわずかな使用人がいる以外は、これまでと暮らしぶりが大きく変わることはない。

森の住処をなくしたリアンヌはラーシュレイフの私邸に身を寄せていた。

もちろん、グラテナも一緒だ。

ラーシュレイフの私邸は一人も使用人がおらず、物寂しさがあった。

しかし、この私邸はグラテナを匿《かくま》うには都合もよかった。

新たに与えられる屋敷に使用人がいると知ったリアンヌが、魔獣を連れていくことに難色を示すと、ラーシュレイフが使用人を減らすと即断したのは言うまでもない。

(シャンテレーレ、ヴァリダ王をお連れしましたわ)

妖精の王女だった彼女は完全なる妖精だったため、遺体はない。

リアンヌは長年住処があった場所に二人の小さな墓を作ると、摘んできた花を添えた。

胸の前で指を組み、冥福を祈る。

リアンヌの後ろには、ラーシュレイフと彼に従うようにグラテナがいる。

ラーシュレイフから聞いたヴァリダ王の最期は、憐憫を覚えずにはいられなかった。

「あの方は、おそらくシャンテレーレの羽根を食べたのね」

故人の骨を食べる者がいるとは聞いたこともあるが、彼の場合も同じ心境だったのだろう。愛しい人を少しでも身近に感じたい想いから、シャンテレーレが遺した羽根を身体内に取り込むことに繋がった。

だが、そのせいでヴァリダ王は狂ってしまったのだ。強すぎる妖精の力が、彼の憎悪を膨らませ、魔獣へと堕としたのだろう。

――ヴァリダ王の遺骨を分けてもらってほしい。

そうラーシュレイフに乞うたのは、他ならぬリアンヌだ。

（シャンテレーレ、ようやく会えましたね）

ヴァリダ王が骨となってしまっても、彼女はきっと会いたかったに違いない。

すると、心地よい風がリアンヌの赤い髪を揺らす。次の瞬間――。

「わ……ぁっ」

しなだれた木の枝いっぱいに薄桃色の花が咲き乱れ始めた。


【ありがとう】


風に踊る花びらは、まるで妖精たちが歓喜しているかのようだ。

「綺麗」

記憶の中で見た光景を、この目で見られるなんて思わなかった。

なんて幸せなのだろう。

リアンヌは、今度こそ二人の恋が幸福に包まれるよう、心から祈った。

「行こうか」

ラーシュレイフの呼びかけに頷き、迎え入れるように広げられた腕の中に飛び込んでいった。

どうか、今度こそ幸せになりますように。

四百年越しの恋の成就を願い、リアンヌは愛しい人からの口づけに目を閉じた。

あとがき

こんにちは、宇奈月香《うなづきこう》です。

このたびは『愛に狂う王子は妖精姫《ようせいひめ》に跪《ひざまず》く』をお手にとってくださり、誠にありがとうございました。今回は転生と妖精をモチーフにしたファンタジーな作品を書かせていただきました。

前世で結ばれなかった存在に再び出会うことができたなら。

そんな妄想から始まった物語です。

私はプロットを立てる際、ヒーロー視点で書くことが多いのですが、たぶん「ヒーローにこんなふうに想われたい！」という願望なんでしょうか？　今回も例に漏れず、夢に落ちる間際の私に話しかけてきてくれたのは、ヒーローでした。

過去の罪を自覚しているからこそ、再会したヒロインにはどこまでも優しくありたい。

確か、当初はそのようなことを言っていたヒーローなのですが、完成してみれば、壊れた魂を持つ魔王となっておりました……。私の作品で「国の未来なんてどうでもいい」的なことを序盤から言ったヒーローは彼だけです。王族としての気概もなく、どこまでも欲望に忠実で、ときには無様な姿を晒しながらも、ヒロインへの愛を求めていく。こんなにヒーローらしくない子もはじめてでした。

きっとラーシュレイフは、リアンヌを守るためなら世界をも敵に回すんだろうな、と感じています。

そんな二人の物語に挿絵を添えてくださった花恋《はなこ》先生、ありがとうございました。キャラフ画を拝見したとき、私のイメージしていた二人そのままのラフ画に驚きました。「なんで知ってるんだろう？　エスパーかな⁇」と本気で思ったくらいです。

濃厚な官能シーンも、ドキドキなリアンヌの表情も、すごく可愛かったです。

また、作品を出すにあたり、お世話になった皆様、ならび担当様にこの場をかりてお礼申し上げます。

ありがとうございます。

最後になりましたが、あとがきまで読んでくださった皆様。お手にとってくださりありがとうございました。

宇奈月　香

この本を読んでのご意見・ご感想をお待ちしております。

◆ あて先 ◆

〒101-0051
東京都千代田区神田神保町2-4-7 久月神田ビル
㈱イースト・プレス　ソーニャ文庫編集部
宇奈月香先生／花恋先生

愛《あい》に狂《くる》う王子《おうじ》は妖精姫《ようせいひめ》に跪《ひざまず》く

2021年8月5日　第1刷発行

著　　者　宇奈月香《うなづきこう》
イラスト　花恋《はなこ》
装　　丁　imagejack.inc
D　T　P　松井和彌
編　　集　葉山彰子
発 行 人　安本千恵子
発 行 所　株式会社イースト・プレス
〒101－0051
東京都千代田区神田神保町2－4－7 久月神田ビル
TEL 03－5213－4700　FAX 03－5213－4701
印 刷 所　中央精版印刷株式会社

ISBN 978-4-7816-9704-8
定価はカバーに表示してあります。